巷說異聞錄

光怪陸離的民國軼事

檀信介

目次

破地獄

楔子

民國三十年，從江西來了一班野道士。

師徒三人在各處荒祠野廟裡落腳，不打醮、不畫符、不算卦、不扶乩，專給人做白事[1]超度。就是這麼一班來路不明、沒有根基的野道士，不到半年就在江淮一帶的淪陷區[2]闖出了名聲，只因他們有一手獨門靈術——破地獄。

所謂破地獄，顧名思義就是幫新死的亡魂打破地獄的邊界。東南西北四方形式各異，但核心步驟大抵相同，在靈堂中結壇焚表，在法壇邊緣置幾枚瓦片，施術者一邊舞劍一邊唱經，待唱經完畢後，回身拿手中鐵劍用力把瓦片擊碎，象徵著地獄的鐵壁被擊破，亡靈飛升天堂。這本是日常入門的道術，別說

1、白事：喪事。

2、抗日戰爭時期對日本佔領區的稱呼。

正一、全眞有傳承的道士，就是鄉間的神漢、乩童、喃嘸佬[3]都能照貓畫虎地熟練操作。

而這三個道士能憑藉這樣平常的道術成名立萬，是因爲他們的「破地獄」有三處與別的道士不同，令人咋舌稱奇。

頭一奇，這班江西道士做法事時不燒冥錢錫箔，不燒經衣紙紮，焚化黃表之後只燒戰前國民政府發行的法幣眞錢。別說草紙切的冥錢，就是市面上通用的汪僞中儲券、日本軍票都不燒。

這二一奇，燒完紙錢，跳完禹步[4]法事時，手上的桃木劍不碰瓦片，兩三步之外隔空一擊便能將瓦片破得粉碎。

三一奇，頭七回魂夜裡，亡人一定會入主家老爺、太太的夢，或是交代遺言後事，或是討要過冬衣物，無一不爽。

因這三件奇處，皖東、蘇西各縣的大戶家裡有人去世都會出高價請他們來作法，一來是求一個厚葬久喪的孝名，二來久居鄉間的大戶老爺們也想自己開開眼界。

3、喃嘸佬是一種由正一道衍生出的民間信仰神職人員，至今在兩廣、港澳一帶仍有很大影響。

4、禹步是道士在禱神禮儀中常用的一種步法動作。傳說為夏禹所創，故稱禹步。

愼縣曹大戶家年過耄耋[5]的老太太壽終正寢。曹大戶自幼讀孔孟書，原本不信佛道，在鄉賢故舊的反覆勸說下，才不情願地花重金請這班江西道士來作法超度。誰想到，這場原本敲鑼打鼓的喜喪，卻因這班道士引出了一場駭人的驚天命案。

5、耄耋音「茂跌」，耄，年紀約八、九十歲；耋，年紀約七、八十歲。

八斗

慎縣首富曹大戶家一向以曹子建的苗裔自居，家裡的楹聯[1]匾額從來不寫什麼「慈孝友悌」、「耕讀傳家」之類的濫俗字句，一進二門就能看到匾額上磚雕著的四個魏碑大字——才高八斗。

曹大戶雖然在前清沒得過什麼功名，但一直捧著自己「才高八斗」的祖宗牌位自視清高。別家私塾開蒙都是從「天地玄黃」、「趙錢孫李」開始，他偏要在啓蒙時教子侄佶屈聱牙[2]的《洛神賦》：「髣髴兮若輕雲之蔽月，飄颻兮若流風之回雪。」

像他這樣的人連尋常的書生、秀才都不大放在眼裡，更不用說鄉間裝神弄

1、楹聯又稱楹對、楹對子，是對聯的一種，位於楹柱上。

2、佶屈：曲折；聱牙：不順口。指文章讀起來不順口。

鬼的遊僧野道。從不供養佛道的他，可以說是愚昧迷信鄉間的一股唯物主義無神論清流。

曹大戶平時就愛搖頭晃腦地背兩句「子不語亂力怪神」、「未知生焉知死」，拿至聖先師彈壓鄉間的迷信淫祀。就算在老太太發喪這件事上，面對勸他請道士的親族鄉賢，他也搬出自己那套孔孟大道，堅決不從。

可在鄉民們看來，他們不懂孔老二說了什麼道理，更不懂曹大戶搖頭晃腦背的那些四書五經，只知道不請僧道給老母親超度念經，就是十惡不赦的大不孝。

鄉民的眾口鑠金，沒說動曹大戶，卻驚動了曹大戶在南京做大官的小娘舅。他小舅是南京汪精衛手下情報機關七十六號的大特務，接到電話聽說從小照顧他的大姐去世就十分悲痛，想要連夜回鄉奔喪，可偏偏當天南京出了大案，有軍統的人策劃要搶汪偽的中央銀行，負責金融安全的他，就被汪先生強行留在南京辦案。本來脫不開身給姐姐送葬就十分惱火，又被人告知外甥不給姐姐請僧道超度，更是怒不可遏，立即給曹大戶家撥通電話。

曹大戶接了電話，還沒來得及問候請安，就聽電話裡厲聲罵道：「我弄你家祖宗十八代。」「舅舅。」還沒等曹大戶說話，對方又是一陣怒罵：「吾家姐當年是何等樣的好姑娘！要身材有身材，要人才有人才，就是南京、上海也有那有錢、有勢的人家來聘。你那個考了半輩子連秀才都沒中一個的死鬼爸爸來提親，你外公本就是不答應的，是你爸爸日日到我家磕頭，死纏爛打，求得你外婆軟了心才答應把吾家姐下嫁給你家。可憐我家姐含辛茹苦、忍饑受凍，在你家熬了半輩子，我時常想想就心疼得不行。現在倒好，老了老了，你連給她超度的和尚、道士都捨不得請，是要讓你娘老子做孤魂野鬼嗎？你哪裡就那麼缺錢？我存放在你那裡那些積蓄，你都敗光了嗎？」

曹大戶答：「舅舅的積蓄一直在生息，未曾動過，未曾動過。」不容曹大戶分辯，他娘舅接著罵：「枉你媽從小那麼疼你，我算是知道什麼叫慣子不孝了！等我這邊公事辦完了，就回去槍斃你個孽障。」曹大戶聽完，只是諾諾，連粗氣都不敢出。

被舅舅一頓劈頭蓋臉嚴詞訓斥之後，天不怕、地不怕的曹大戶也慫了起來，心中想：「我那小舅舅在老家時就是出了名的愛打人、暴脾氣，現在走仕途又當上了殺人不犯法的大特務，他那句槍斃可說是氣話，但依他的脾氣，若等回到家裡仍氣不過，一槍崩了我也不是不可能的。」想到這裡，曹大戶不禁打了個冷顫，立馬吩咐底下人去請近來聲名鵲起的江西道士。

這一請不要緊，差點摧毀了曹大戶堅定的唯物主義信仰。

曹大戶家的長工怕耽誤了老太太的出殯大事，一大清早就上路去臨縣，連跑帶顛走了三個時辰才見到江西道士。不到半個時辰，長工在臨縣那邊氣還沒喘勻，老道士就從臨縣到了曹大戶家裡，一身天青的鶴氅道袍沒沾半點泥水浮塵，霜髯下的口鼻連一聲粗氣都不曾喘。太陽快要落山時，背著鐃鈸法器的兩個徒弟和長工才趕回家。

無知鄉民對此眾口紛紜，有人說道士和孫猴子一樣會騰雲駕霧，還有人說道士跟土行孫一樣會遁地而行，在揚州城裡聽過《水滸》評話的老人則定論說：「你們懂什麼，道長跟神行太保戴宗一樣，是貼了神符甲馬，所以能日行千里。」

曹大戶對老道的神速還是有些驚詫的，他平日裡套車都要走一個時辰的路程，老道步行半個時辰就走到了。心裡雖然驚詫不已，但他嘴上卻還不肯對亂力怪神鬆口讚嘆，只拿出東家老爺的派頭來對莊戶們說教：「哪有什麼甲馬？老道多半是搭了別人的馬車才到這裡來的。」

與本地走街串巷唱八仙、賣財神的土道士全然不同，江西老道華陽巾下一頭如古人般的油亮髻髮一絲不亂，舉止坐臥的行動羽衣翩躚，絡腮的鬍鬚銀亮柔順，一副得道眞人的道骨仙風。

到了曹家後，老道沒有拖長聲唱頌「無量天尊」，也沒有亂甩拂塵裝神弄鬼，而是耐心地欠身稽首與曹家親屬一一道了「節哀」，這些平易近人的舉動贏得了原本對佛道極爲反感的曹大戶的一絲好感。一番寒暄過後，老道單刀直入地開始吩咐主家去購置好結壇用的一應用具，指揮下人按規矩搭建靈堂、法壇，準備到一半，老道的兩個徒弟也背著行李趕到了曹大戶家。

老道的兩個徒弟都穿著棉布道袍，一個徒弟清瘦白淨、眉清目秀，背後背著書笈，身上還掛著紅布包著的鐐鈸樂器，一雙含笑的桃花眼滴溜溜地亂轉四處看，老道呼他作「雲鶴」。另一個高大黝黑的徒弟無精打采地提著藥笥[3]，身後還背著一把桃木的寶劍，老道喚他作「夢蝶」。

曹大戶招呼師徒三人。

老道像個運籌帷幄的將軍，坐在堂屋裡如泰山般巋然不動，指揮徒弟、下人，把一切安排得從容裕如。

兩個徒弟卸下身上的書笈藥笥，清瘦白淨的那個很會來事，機靈地拿出法

3、笥：以竹、葦編成，用來放東西的方形箱子。

事所用一應法器擺在法壇前的供桌上，解下黑大個背後的桃木劍遞到師父手裡，一整套準備幹練俐落。黑大個「夢蝶」則逕自坐在一旁，褪去鐃鈸上包著的紅布，輕輕擦弄試音。

無常

民國初期的農村，人們的娛樂生活極其匱乏，一年請一次的戲班大概相當於現在的音樂節，魯迅先生在〈社戲〉裡就講了那麼一次「魯鎮音樂節」。平時看道士破地獄、聽和尚放焰口基本就是３Ｄ電影般的視覺享受，更何況這是遠近聞名顯了神跡的江西道長？這大概相當於賀歲３Ｄ大片首映式級別的盛會了吧。靈堂外人滿爲患，靈堂裡更是跪滿了原本不用跪整夜的遠房旁支，靈堂內外熙熙攘攘全無一點兒做白事的樣子。

老道拿出紙筆，龍飛鳳舞地用朱砂寫好幾張黃表，只抬手一揮，黃表就飛到法壇正中央，在半懸空處燃燒了起來，法事正式開始。靈堂內外非但沒有一點兒要肅靜下來的樣子，壇下眾人看到他空手燒黃表的法術反倒沸騰了起來。

突然，黑大個夢蝶「咣」的一聲狠狠地敲了一下手裡的大鑼，縣裡請來的嗩吶師傅一時沒反應過來，慢了半拍後嗩吶跟著鑔鈸的節奏愴然響起。大戲開始了。

老道似乎念念有詞地邁起了蓮花步，靈堂外的夕陽緩緩西下，舞步圍繞著燃燒的黃表，火光明滅、忽暗忽明。老道又瀟灑地一揮，交行、央行發行的綠法幣節節高，三層開花滿天飄。隨著黑大個徒弟夢蝶用力一擊，手中的大鈸「咣」的一聲振聾發聵[1]，老道一口生油噴出，燃燒的黃表變作了一團火焰，空中飛舞的鈔票全數「嘩」的一聲被引燃，漫天的法幣一面飛舞旋轉，一面沿著油墨的紋路緩緩燃燒，那場景比煙花更絢爛，比火焰更持久。

這一幕，靈堂下跪的孝子賢孫們都看花了眼，目不轉睛，一動不動。而老道邊跳邊想的則是，交行的印鈔紙品質真是好啊，透過震天響的鈸聲彷彿都能感受到紙幣上的油墨在燃燒時劈啪作響。老道一邊跳一邊揮灑著鈔票，瘦小的徒弟雲鶴口中宣唱著引路的經文，手從一個斗中抓出豆子砸向看呆了的孝子賢孫們，催促他們繼續不斷磕頭跪拜。孝子賢孫們咚咚的磕頭聲既像是在給神秘的儀式禮拜，又像是在給這場精彩的煙花秀喝彩。

1、聵，耳聾。「振聾發聵」，即發出很大的聲響，使耳聾的人也能聽見。

老道給夢蝶使了一個顏色，讓夢蝶點了鞭炮。鞭炮聲劈裡啪啦一響，老道猛地一回身，手中桃木劍只憑空一擊，一步之外的瓦當「唴嚓」一聲，裂成兩半，讓人震耳欲聾的鑼鈸聲戛然而止。老道法袍大袖一震，漫天的紙幣灰燼簌簌落下，塵埃落定。

靈堂下跪著的孝子賢孫們，連帶靈堂外看熱鬧的閒人們都被震撼得呆若木雞。其中最受震撼的就是曹大戶，他老人家信了半輩子的「格物致知」唯物主義已經開始動搖，他咬緊牙關還強做不忿地想：「這老道的戲法變得也太逼眞了吧？」

法事結束，老道讓兩個徒弟收拾法壇上的紙灰、瓦當，自己走下法壇往外走，靈堂內外的人都一擁而上圍住他神仙長、道長短，老道低眉頷首並不理會他們，逕直走到主家曹大戶面前一把扶起他，稽首行禮寬慰道：「您府上老太君我們已經送上去了，請節哀。」

曹大戶忙道辛苦，老道又說：「老太太頭七前還要在府上叨擾幾天。」曹大戶連聲諾諾，吩咐人帶老道等去客房安頓下來。

曹大戶讓人打掃出三間房，準備讓老道一間，雲鶴、夢蝶兩個各一間。誰知大個子夢蝶不願意自己一個人住，要求跟師兄雲鶴一間，下人把這件事告訴曹大戶，曹大戶以爲他們是平日習慣了同宿的，就讓下人在雲鶴房間中又鋪了一床被褥讓夢蝶睡。

求子

這個曹大戶雖然家財萬貫、良田千頃，但卻有個終生的遺憾——膝下無子，只有亡妻給他留下的一個獨女。雖快到天命之年了，老當益壯的曹大戶仍夜夜輪流在幾個姨太房中耕耘不懈，卻一無所獲。

見識了老道「破地獄」的神跡之後，曹大戶幾次三番地嘗試向老道討教養生術。說是養生術，其實曹大戶眞實想問的是「生兒子術」，這個唯物主義信徒曹大戶事事都不信邪，唯獨在生兒子這件事上執著於求神拜佛，從食補藥補，到讓姨太太們請送子觀音，就差往女體裡塞娘娘的神像了。

老道對求子之類似無鑽研，曹大戶追著問時他也總是敷衍以對，只跟他講些靈修飛升的大道。倒是清瘦的徒弟雲鶴總想接曹大戶話茬，卻被老道打斷訓斥，夢蝶則滿臉木然地冷眼旁觀。幾次碰壁以後，曹大戶尷尬無比，也就不再去自討無趣。

可巧，給曹大戶的娘做完法事的第二天，縣裡僞縣長[1]家死了太太，來請老道做破地獄。僞員警開著汽車到曹大戶家來接，老道定好了出殯吉日，吩咐安排下頭七事宜，才帶著打鈸的粗壯徒弟夢蝶上了僞縣長的車，去了縣城，只留下清瘦的徒弟雲鶴善後。

老道一走，原本就躍躍欲試的雲鶴如魚得水，日日給曹大戶講瑜伽、養丹的房中秘術，雲鶴講得口若懸河，曹大戶聽得如癡如醉。按照雲鶴「法旨」抓藥煎服吃了幾日，加上雲鶴的推拿點穴，曹大戶的枯枝每天早晨竟也開始萌動起來，見效的曹大戶更是將雲鶴奉爲神明。

除了曹大戶來問道，三房姨太太聽了消息也都派丫鬟拿著金銀首飾來請「法旨」。老太太的白事早已被姨太太們忘在腦後，畢竟，生孩子才是曹家的頭等大事，曹家的萬貫家財，誰懷了小少爺就是誰的。

一向治家以嚴的曹大戶，對這喪期裡的亂象也不聞不問。曹大戶想來：「如若曹家有後，吾家老娘泉下得知也會含笑吧。」

1、當時日本占領地區的公職人員皆被冠以「僞」。

宮鬥

曹大戶有三房如夫人。二姨太原本是亡夫人的陪嫁丫頭，後被收了房，現也到了年老色衰的年紀。三姨太原是唱淮劇的戲子，曹大戶因偏愛她唱《送京娘》時的一身粉裝，力排眾議花重金把她聘回家。時下最得寵的還是四姨太，她原本是河南鄉里大戶人家的小姐，且是在開封上過學的新學生。因河南遭災，逃難途中被人拐賣，才被曹大戶撿了個漏。

山中無老虎，猴子稱霸王。大太太走了，二姨太整天一副主家奶奶的派頭，將曹大戶亡妻生的姑娘當成自己的女兒，攜女自重。對下人動輒打罵不說，對三姨太、四姨太也常常頤指氣使。四姨太進門時間短又是個小姑娘，多數時候屈服於她的淫威之下。而江湖出身的三姨太卻不怯她，二姨太愛拿三姨太的江湖出身羞辱她，常常沒來由地來一句「婊子無情，戲子無義」。三姨太被她罵了也不氣、也不惱，嗑著瓜子用她慵懶的揚州調反譏「我們前世不修，這輩子做了無情的婊子、無義的戲子，可有的人好好的黃花大閨女，也不見她給哪個老爺做大太太，不也跟我們婊子一起給人做小的嗎？」頂得二姨太面紅耳赤。

三房姨太太勢均力敵、三足鼎立：二姨太仗著故去大太太的餘威與家政大權，三姨太一身江湖潑辣，四姨太年輕可愛獨受曹大戶的專寵。

曹大姐（曹家唯一的閨女曹大姐）最開始無條件地跟二姨太站在同一戰線上，常常在溺愛她的父親面前百般維護自己的養母。可自從上了學校，到了知慕少艾的年紀，在戲班裡待過的三姨太能給她梳頭化妝，上過高中的四姨太能教她寫字作畫、補習功課，跟她兩個小媽逐漸親近起來，反而對那個一年四季只會勸她「穿秋衣」、「套毛褲」的小腳養母二姨太十分叛逆。

雲鶴開始給曹大戶講求子法後，三個姨太太也分別都派下人、丫鬟來找雲鶴求生兒子的「法旨」、「仙方」，雲鶴收了二姨太和三姨太的東西，也都給了「仙方法旨」，單單沒收四姨太的東西。看著其他兩房的丫鬟又是抓藥又是貼符，弄得風風火火，急得四姨太坐立不安。

曹大戶雖然吃了雲鶴的龍虎方子，吃得熱火燒心，但在老太太喪期裡他也沒敢冒天下之大不韙跟妾房們苟且，況且按照雲鶴的法旨他要「清修」七七四十九天才能有所成就。曹大戶自己閉門不出，還把府上一應下人趕到外宅，怕他們擾了自己清修，內宅裡只剩下他、雲鶴和幾房姨太。

一天兩天見曹府上下晚上都閉門不出，沒拿著雲鶴「仙方法旨」急得不行的四姨太便壯起膽來，自己半夜裡悄悄溜到客房裡去找了雲鶴。這一找，正中了雲鶴的下懷。

傳法

原來，這個雲鶴一到曹家就開始四下觀察人家女眷，心中意淫。他嫌二姨太年老色衰、三姨太雖然好看但總是一副冰冷潑辣的眼眉讓人不敢接近，只有四姨太是個白嫩可愛的傻白甜良家少婦。老道留他一個人在曹家時他就喜出望外，打定主意要和她成姦。

他設計把曹大戶留在房中清修，然後又只要二姨太、三姨太的東西，而單單不要四姨太的東西，就是爲了把四姨太騙到自己的房裡來。好一招欲擒故縱。

四姨太進了雲鶴的房間，雲鶴讓丫頭們都出去，自己兩人獨處，要「密授心法」。丫鬟一出去，雲鶴就先問四姨太：「姨娘也是河南的吧？」聽到鄉音四姨太很是激動：「道長也是？」認個老鄉之後，兩人頓時親近了許多，原本坐在椅子上的四姨太，坐到了雲鶴打坐的榻上。

四姨太假裝嗔怒地問雲鶴：「小道長好偏心！爲什麼生兒子的仙方法旨只教給她們，就不教我？」雲鶴咧嘴一笑：「姨娘，佛渡有緣人，我早看出你我是有緣的同鄉。教給她們的都是唬人的花招，眞正管用的是我這裡內丹，只等你這有緣人來，親傳給你。」四姨太聽了欣喜若狂，只求他傳授。

雲鶴見吊起了她的胃口，卻又開始裝作閉目養神，任她如何央求也再不言語，只說：「時機未到。」四姨太看他說了一半又不願傳授了，十分著急，撲通一聲就趴到地上，伏地磕起了響頭直喊：「道長成全。」雲鶴扶她回榻上，對她說：「好，看你心誠，我就傳給你。不過你要答應我一件事。」四姨太聽了馬上欣然點頭：「別說一件事，就是一千件、一萬件我都依。」雲鶴看她答應了，才說：「好，你過來盤腿打坐，我傳眞氣給你。」

雲鶴哪裡有什麼內丹傳她？只開了小周天[1]，一股眞陽灌入她體內，弄得她燥熱無比。接著又試探性地說：「你這襖子也太厚，阻了我的眞氣。脫了吧。」四姨太正燥熱得難受，就依他脫下了棗紅的小襖。

1、小周天：此處指道家術法，用內氣在體內沿任、督二脈循環一周。

過了一會兒雲鶴又說：「病不諱醫，你不用忌諱什麼授受不親。你把中衣也脫了吧，我看看內丹傳了幾成了？」四姨太羞得不敢說話，雲鶴以爲她默許了，就自己動手又脫去她的中衣。

中衣脫下，小衣裡一對白兔已經若隱若現。看那四姨太臉上一陣陣潮紅，雲鶴覺得時機已經成熟，一個猛虎撲食就壓了上去。那四姨太拼死反抗，卻也不喊、不鬧，推他的手沒一會兒竟在他背後緊緊抱住了。

原本正値好年華的四姨太，還要和兩位姨太雨露均沾，常常就感慨命運不公，最好的年紀連最基本的性生活都享受不到。如果說第一次是雲鶴施術誘姦，那麼後面幾次四姨太就已經是半推半就地在需索了。雲鶴跟著老道，被迫恪守清規，也早已忍得不行。兩人乾柴烈火，狠狠地弄了幾次。

此後兩天，雲鶴白天給曹大戶講法，一大套陰陽交融、水火既濟，天花亂墜地講得曹大戶如癡如醉，晚上給曹大戶與大姨太、二姨太煎的「仙方」裡分別都重重地加上幾把鬱金、苦參、千金藤之類安眠的藥材，幾個人一沾床就睡死過去。晚上等四姨太跑到自己房中鬼混。一連幾天，雲鶴還沒解饞，四姨太也沒被餵飽。

這一日，雲鶴給他們講完法，灌完藥，照例等四姨太來找他。但雲鶴那天白天給曹大戶抓壯陽藥時爲了試火候，多嘗了兩口，這時起了功效。一時等不到四姨太來，他竟色膽包天地跑到四姨太房中。四姨太正在房中梳洗要去找他，一看他來了，十分驚喜。換了個場景，兩人都格外興奮。兩人這邊正在好處，窗外突然「砰」一聲響，嚇得雲鶴頓時縮了起來，胡亂扯上道袍，從懷裡摸出一把匕首，往門外走。只聽外面一陣跑步聲音，推開門時已沒有人了，只有一本中學的「算術」教材落在地上。

雲鶴撿起書來，趕緊又關上房門，把書拿給四姨太看，四姨太一看大驚失色，對雲鶴說：「冤家，這可要了命了。這是大姐的課本，想是來讓我給講題目的！」雲鶴也大驚失色，自己爲了和四姨太苟且，千般算計，先唆使曹大戶把下人老媽都趕出後宅，又巧妙地給曹大戶和二姨太、三姨太灌藥讓他們睡死過去，以爲萬無一失，可唯獨忘了這個學校放假才回家住的曹大姐。

一想到曹大姐撞破了他二人姦情，四姨太自知大事不好，嚇得就要放聲哭。雲鶴趕緊捂住她的嘴，怕她動靜太大把下人招來。雲鶴對她說：「你別慌，我自有辦法拆解。我現在得趕緊回房，防止那曹大姐招人過來。你且記住，今晚的事明天誰問起來都咬死否認。我保你無事！」說罷就把四姨太丟在床上，自己迅速穿好衣服，逃回房中。

曹大姐

雲鶴離開四姨太房間，立即回到自己房中，把從曹家騙來的金銀、首飾、鈔票都裝進包裹，準備連夜潛逃，留四姨太一個人在這裡浸豬籠。誰知他還沒走到曹家大院的牆下面，就看見牆外面燈火通明，轟隆轟隆地過日本人的兵車，沿路都是持槍站崗的僞軍，心說不好，這時候要是翻出去，肯定要成了僞軍的活靶子。正在猶豫時，曹家宅裡各屋也都被日本兵車驚醒，點起了燈，嚇得他趕緊又跑回房間。日本兵車過了一整夜，直到清早才全部通過。雲鶴的夜逃計畫也被中斷了。

花開兩朵，各表一枝。曹大姐今年十二歲，在縣城的學校裡上高小[1]，每

1、高小：指小學五、六年級。

週五放學就背著書包從縣城回來，在家好吃好喝兩天，週日再回縣城。這日，曹大姐從縣城步行回到家也是八、九點光景了，一進家門就去丫鬟們的房裡找貼身丫鬟陪她睡覺，丫鬟說：「老爺在清修，不讓我們進去內宅。」弄得她莫名其妙，百無聊賴就拿著「算術」課本去找四姨太，借著問題目的名兒，想去跟四姨太八卦學校裡的事兒。

走到門口還沒等敲門，就聽到裡面四姨太「嗯、啊」的呻吟，床兒「吱吱咋咋」作響。她雖然年紀小，還沒盡明白大人的事，但她卻記得他爸的打。之前就是跟著丫鬟在姨太太窗底下聽窗根兒，被她達[2]（爸）逮住，狠狠地打了幾個耳光，跟著她偷聽的丫鬟也被打個半死。這一聽到裡面「嗯、啊、吱、呀」以爲她達（爸）又在裡面和四姨太玩耍，就想起了當時幾個耳光的疼，轉身就要走。

手一忙，腳一亂，曹大姐跌了個大馬趴，「算術」課本也跌扔出去。她剛要去撿，就聽見裡面「嗯、啊、吱、呀」聲音停了，響了腳步聲音，她以爲是她爸又要出來打她，書也顧不上撿，就往回跑。曹大姐跑回房中，驚魂未定，

2、湖北、西北、安徽等地稱父親不是兄弟中排行老大的為達達，比爸爸小的也叫達達。

後悔得要死，知道這書如果被她達（爸）撿了去，這頓打還是跑不掉的。

其實曹大姐根本不知道房裡和四姨太「嗯、啊、吱、呀」的是雲鶴，甚至都不大明白男女之事，完全是四姨太和雲鶴兩人做賊心虛。

第二天一早曹大姐就裝病不去吃早飯，曹大戶問伺候曹大姐的丫鬟：「小姐怎麼了？」丫鬟按照曹大姐的吩咐說：「可能昨晚功課做太遲了，感了風寒，有點發熱。」曹大戶原本吃雲鶴的龍虎藥吃得就邪火難耐，加上又心疼自己獨生的女兒，一腳就把那丫鬟踹倒在地上：「混帳，你是怎麼做事的？爲什麼不給她加衣？」雲鶴看他還要下手打，連忙拉住他勸：「東家息怒，東家息怒。」曹大戶見自己奉若神明的小道長都發話了，才收了手，這一腳許是踢得太用力，他自己坐下都喘了幾口氣。喘勻了氣，他又央著雲鶴去給自己女兒瞧病。雲鶴心裡雖然做賊心虛，怕曹大姐當場對質，指破了他的姦情，但是又不好駁曹大戶的面子，就依著曹大戶去給她瞧。

曹大姐原本沒病裝病的，聽說他爸要來，倒快嚇出病來了。雲鶴去摸她額頭，她只怕雲鶴摸出來她是裝病，躲著不讓他摸。雲鶴不知實情，以爲是曹大姐認出了自己，更加害怕了。他怕曹大姐當場指認他與四姨太的姦情，急忙對曹大戶說：「小姐只是受了點風寒，我給她煎點藥吃了，靜養兩天就好了，咱們就別在這裡打擾了。」邊說邊推著曹大戶，把曹大戶哄回房中給他講法。

他嘴裡講著玉女妙法，心裡卻一直計畫著晚上逃跑。當天他給曹大戶及兩位姨太煎的藥裡，狠狠地加了些安神催眠的藥，確保自己能成功出逃。給曹大姐煎的藥裡，甚至微量地加了些川烏、川貝，甘草、芫花幾味藥性相反的藥，確保她一直處於毒發狀態癱在床上，不會下床來指認自己。

一入夜，雲鶴就躡手躡腳地往外走，一邊走，一邊心裡想往哪裡跑。他心裡合計著：「牛鼻子老道那裡不能去了，他們兩個要知道我在這裡破了清規與東家姨太太勾搭成姦，肯定是不饒人的。往東去南京，往南去上海也不行，曹大戶說他小舅是七十六號的特務，抓我怕也不是什麼難事。往西，重慶更不能去了……往北走吧，往西北去延安也行，往東北去滿洲也行，路過河南老家，還能回家看看。老家不知道還有誰在……」

雲鶴一邊緊緊衣帶準備翻院牆逃出去，一邊嘀咕著自己的河南老家：「河南、河南，回了河南，賣膏藥、扎針，一樣過日子。」心裡念著、念著，突然他腦中靈光一閃，心生一計，一拍手喜道：「有了！不用跑了！」

這正是：

衣冠楚楚小道童，破戒騙財做淫蟲。
狐疑敗露生殺意，狠毒惡向膽邊生。

忘川

自從跟雲鶴學了法之後，曹大戶每晚都睡得異常的香，而且每天早起醒來，已過天命的他竟像十七、八的小夥子一樣有晨勃。看著自己那話兒雄風重振、枯樹發芽，曹大戶更是滿嘴感慨「道法玄妙、道法玄妙」，日漸將雲鶴奉若神明，對他言聽計從。

每日曹大戶用完早飯後的第一件事，就是到雲鶴那裡聽他講法。這日進了雲鶴的房，等雲鶴開講，可等了半天他也不講法，只一味地唉聲嘆氣。曹大戶等得心急就主動問他：「是不是下人們哪裡伺候得不周？還是給您做的飯菜不可口？」雲鶴擺擺手，語重心長地說：「東家，您這內丹，經我們這幾日修煉，已成就了七、八分了，依我的方法煉下去，七七四十九天就能大成就了。只是……唉。」說到一半又嘆了一口氣。

曹大戶趕緊追問：「只是什麼？」雲鶴嘆了一口氣道：「只是這陰陽大道是要內外兼修的，內裡這一層身體內養元煉氣雖已成就大半。可還有外面一層大功未畢。」曹大戶忙問：「敢問道長說的外面是指？」雲鶴答道：「內指的是你的內丹修行，外則指的是你做的功德。你久不生子，就是因爲小少爺投胎路上迷了路。我白天給你講法，晚上回去也未曾安眠，夜夜下陰山去給你那令郎、公子、大少爺帶路，帶他投胎到你這裡來。」

雲鶴抬頭看看，曹大戶正目不轉睛地聽，應是被自己唬住了，就接著說：「從黃泉到忘川要走七七四十九日，雖然已經走了幾日，可明日給你家老太太做完頭七，我就要回去覆師命。只怕沒時間再給他帶路了，後面的路走不走得出來，就要靠他自己了。可惜啊，就差一步了啊。」說著又嘆了一口氣。曹大戶一聽忙拱手作揖：「請道長一定成全，可否跟老道長告了假，在此多留幾天再回去。」雲鶴搖頭：「我師父是發願慈航濟世的大真人，馬上就要去雲遊了。難啊。」

曹大戶想到自己日思夜想的寶貝兒子在投胎路上迷了路，能給他引路的道長又要走，頓時心生絕望，撲通一聲就跪在地上：「求求道長成全我們，要多少錢我都出。求道長成全。」撲通撲通直磕頭。雲鶴看他已經上鉤，扶起他說：「東家不用著急。我老家河南，有一種妙法，能破解這件事，就要看東家捨不捨得了。」曹大戶以爲他要錢，趕緊說：「捨得，捨得，道長要多少錢都好說。」雲鶴搖搖頭：「無量天尊，東家，不要動不動就說錢，我們出家人是要渡人的，要那許多錢做什麼？這法子不要錢，是要你家小姐受點小罪。」一聽關係到自己的心肝小女兒，原本興致勃勃的曹大戶，頓時又含糊了起來：「唔。要小女做什麼呢？」雲鶴看他有些猶豫，放緩了語氣說：「東家別怕，只需你家小姐吃著安神的藥，待她睡去，用紅綢裹上，我給你家小姐施針，把她的靈魂放出去。小姐跟少爺是至親的骨肉，七魂六魄是相連著的，靈魂出了竅自能把少爺帶回來。」

「唔，施針，道長說施針，想是跟醫館的針灸一樣？」雲鶴搖頭說：「他們的針扎得太淺，只是入穴的，我們的針要扎進脈裡，要整根扎進的。」曹大戶聽他說要往肉裡扎針，舌頭都嚇出來了。「啊？往肉裡扎鋼針？那還了得！弄不好要出人命的！唔，不可，斷是不可的。」

雲鶴見他直擺手，回絕得很是堅決，也就不再陳說，故作無奈似的搖頭笑笑，也不再給他講法。低頭喝了一口茶，跟曹大戶把今晚頭七要用的一應物品確認一遍，在確認一切都準備好之後，打了個稽手，就逕自回房去了。

回魂

所謂破地獄，只是道教超度儀式的第一步。顧名思義這一步只是打開地獄的邊界，把亡魂從地獄中解脫出來。傳說在這之後靈魂能夠在世間遊蕩七天，看看自己還擔心著的人，看看自己生前未看完的世界，了卻自己最後的心願。等到這七天的最後一天，靈魂結束遊蕩回到家中，再進行儀式的第二部分，也就是所謂的頭七。

相對於破地獄，頭七的法事也有一個響亮的名字，叫上天臺也叫上天梯，核心儀式就是給亡人送去通往天堂的媒介，仙鶴、梯子、臺階……只要能通往天堂，什麼都行。民間會有專門的紙紮匠做這些東西，且做得十分精美眞實。

因爲儀式簡單，紙紮自己就能燒，所以平常人家做頭七，都不再另請道士，一般是拜託破地獄時請的道士把頭七要用的東西安排好，頭七當天自己在家裡燒天梯就好。但雲鶴他們的儀軌比較獨特，頭七白天燒紙紮也是由他們主持，跟破地獄一樣，也有燒錢、唱經等儀式，最獨特的是燒完天梯之後還會讓雲鶴給主家老爺講經。

當日，雲鶴也按部就班地進行著儀式。唯一有些反常的是老道走時讓曹大戶準備了幾萬塊法幣給雲鶴今天燒，可雲鶴雖然收下了曹大戶的幾萬法幣，但燒的卻是黃紙。曹家的人雖然發現了這點，但沒人點破。儀式順利地進行完畢，宴請了近支親友以後，雲鶴才到曹大戶房中給他講法。上半夜給他講法，把曹大戶哄睡著之後，雲鶴沒回房，逕直走到四姨太房間，經過上次的事以後，雲鶴也不敢再太恣意妄為，兩人見面也只悄悄擁抱一下。

雲鶴對四姨太說：「明日給他家女兒扎針，我在外廳做法時，把他們都留在外面跪著，你趁亂把他內宅藏的細軟、金銀全都收起來，等天一黑我帶你回河南。」四姨太聽了一驚，問他：「他不是不讓你扎嗎？」雲鶴答：「我自有辦法。」說罷親了個嘴，雲鶴就說：「我走了，明日依計行事。」四姨太不依，一把抱住他說：「好哥哥，我害怕。」雲鶴不得已，只好又留下安慰了她一會兒。半晌把她哄睡覺了，雲鶴才躡手躡腳地回到自己房中。

一夜無話。

託夢

曹大戶一覺醒來，瘋了似的要找雲鶴。雲鶴一早就起來，未卜先知地等著曹大戶來，百無聊賴。聽到曹大戶腳步聲音漸近，他又縮回被子裡裝睡。曹大戶只穿著中衣就衝進了房間，急急忙忙叫：「道長你快起來。」他才故作慵懶似的眯著眼說：「東家，你別催了。東西我昨晚都收拾好了，我馬上就走。」曹大戶打斷他說：「道長，你這說的哪裡話？不是讓你走，是讓你扎針，給犬女扎針。」

雲鶴問他：「東家你不是不讓扎嗎？」曹大戶激動得連整話都說不出，只一個勁兒地說：「扎！扎！」

二姨太、三姨太和一班下人得了信，就來攔著曹大戶，問他爲什麼改了主意。曹大戶情緒仍很激動，叫嚷著說：「託夢了，說扎！」眾人沒聽明白，身手矯捷的三姨太上前一把抓住他追問：「託夢？什麼夢？」曹大戶喝了茶穩了穩心神這才娓娓道來。

開頭講到過，這班江西道士做的破地獄有三奇：頭一奇，不燒黃紙燒法幣；二一奇，木劍隔空碎瓦當；三一奇就是，頭七回魂夜裡，亡人一定會入主家老爺的夢，或是交代遺言後事，或是討要過冬衣物。頭七晚上，曹大戶的娘也回魂託夢給他，不過沒留什麼遺言，更沒要什麼冬衣，而是一味地控訴他：「不孝有三，無後爲大。你這是要讓老曹家絕了後嗎？等我去了那邊，哪裡還有臉面去見你那死去的老子？」連哭帶罵，弄得曹大戶羞愧不已。接著他娘又問：「給我做法事的小道長願意施法幫你送子，你爲什麼不願意？」曹大戶對道：「媽，他要往大姐身上扎鋼針呀，家裡只有大姐一個，我還指她招婿養老，有了三長兩短如何使得？」他媽答道：「兒啊，兒啊，你好糊塗，道長們的神跡你都是親眼看到的，怎麼還信不過？你放心讓小道長施法，大可放心，我緩幾日再上天，跟大姐一起走一遭，等她安全回來了我再升天。」曹大戶連聲答應，接著母子相擁而泣。曹大戶夢中驚醒，襖子、褂子都顧不上穿，就火急火燎地衝到了雲鶴房中，如此這般。

二姨太聽完，趕緊閉目合十道：「老夫人保佑，老夫人保佑。」再不阻攔曹大戶，而三姨太仍抓住曹大戶胳膊勸阻說：「老天爺爺，鋼針扎在人肉裡，哪怕是不發金瘡、不流血水，疼怕也疼死了！」

曹大戶不耐煩地一把把她摔在地上：「賤人，你懂什麼？道長那些神通你沒看到嗎？你信不過道長，我的親老娘你還敢不信？」說完又狠狠踢了她幾腳。二姨太也不去拉，袖著手酸不溜地勸道：「哎呀，打不得，老爺息怒。妹妹以前久在江湖上作藝，不懂這些家門裡的規矩，您原諒點吧。」

雲鶴見狀，也恨三姨太多事，反倒拿起翹來：「哎呀，東家，聽三姨娘的話，你們許是不願意的。說什麼疼都疼死了，倒像是我們出家人在害人似的。貧道擔不起這罵名，不做也罷，不做也罷。」說著，就拿起床邊已經收拾好的包袱行李，起身要走。二姨太跨步上前緊緊把他拉住，曹大戶忙道：「道長息怒，她不懂事，我來收拾她。」說著抓住三姨太又是一頓打。三姨太不愧是江湖出身，任他如何打，也不哭不喊、不躲不藏，只是冷著眼看著他。曹大戶被她一雙冷眼看得有些發毛，就讓下人們打。雲鶴見打得差不多了，怕出人命，就擺擺手對曹大戶說：「好了，我們出家人以慈悲爲懷，你爲我打死了她，這罪業是不是還得算在我頭上？」曹大戶看雲鶴消氣了，這才吩咐下人停手，又吩咐他們把三姨太拖回房去。

扎針

雲鶴故作矜持了一會兒，才不大情願似的說：「我今日本是要回到師父身邊覆命的，看在你們心誠至此，貧道就勉爲其難給你們做一場吧。」二姨太和曹大戶趕緊千恩萬謝地給他作揖打恭、端茶倒水。

雲鶴拿茶漱了口，放下茶盅道：「從你家庫裡找出丈長的紅綢子來給小姐包上。」雲鶴給曹大姐煎的藥裡放了十八反的藥材，幾劑藥吃完，她本就被毒得神志不清，幾個下人三下五除二[1]就用紅綢子把她包了起來。

下面人弄好請雲鶴來看，雲鶴看罷點點頭：「我要在你家正堂裡開法壇，請上仙來給我們引路，你們家裡的上上下下都得來法壇下跪迎。」除了被打得

1、形容事情做得乾脆明快。

臥床不起的三姨太，剩下的人都聚齊到正堂屋。

雲鶴布置了一天法壇，就裝模作樣地開始點人，環視了一圈，用手裡的桃木枝一指四姨太：「這個人前幾日沒吃我的藥，我今天唱經她不許聽，不能讓孩子投胎投到她身上了。」

四姨太起身要走，曹大戶一把拉住她。他心裡本就最寵四姨太，想讓四姨太給他生兒子的，「道長，讓她聽聽又何妨？藥可以今天開始吃嘛。」

雲鶴連聲道好，俯身把手裡作法用的桃枝交到曹大戶手裡。「東家說的極是，小道自愧不如，這堂法事就由東家自己來做吧。」曹大戶看他要撂挑子，只好作罷，任四姨太去了。

四姨太路過三姨太房間時還進去看了看，名爲關心姐妹，實則是爲了確認她不會干擾自己，看到三姨太躺在床上一動不動，疼得直哼哼，她才放心地去搜羅曹大戶的金銀細軟。

四姨太被趕走了，雲鶴法壇下面跪的二姨太心裡可美開了花，她心想戲子被打得在床上養傷、侉子[2]又被雲鶴趕走，這胎孩子肯定是自己的了。心裡雖

2、侉子：中國一些地區的漢語方言詞彙，該詞具有輕蔑和嘲笑的意味，是一種不禮貌的稱呼。

美，但看身邊曹大戶滿臉落寞，強忍著不敢稍露喜色。

一切安排停當，曹家上下都跪好了，雲鶴便開始手舞足蹈地作法了。他嘴上唱著經，手上揮舞著桃枝，眼睛卻始終盯著大吊鐘看，心裡盤算著四姨太有沒有把曹家的金銀細軟都弄到手。爲了確保萬無一失，跳到太陽快落山才結束，下面跪的曹大戶等人腿都快麻了。

雲鶴跳了一下午，坐著歇了好大一會兒，看曹大戶等的腿也都活動過來了，就帶著他們去了小姐房間。雲鶴在床頭上繫了一個風鈴，讓丫鬟去拿來針，對曹大戶說：「東家，我指定穴位，你來扎，你們血脈相通的扎才最好，心誠至靈。」

原來包著這層紅綢，就是爲了讓人下手扎針時看不到活人，更容易下手，罪惡感會減少。可曹大戶雖然被雲鶴哄迷了心竅，但是一想到這裡面是自己的親生獨女，如何也下不去手。

正當曹大戶猶豫時，二姨太抓起針主動請纓道：「小神仙，我來！我是她親娘的姑舅表妹，跟她也連血脈的。」雲鶴看曹大戶可能眞的下不去手，就應允了，讓二姨太來扎。平時一向以養母自居，處處關心照顧曹大姐的二姨太，此刻眼裡放著可怖的凶光。

雲鶴指著幾處死穴，讓二姨太下手扎，第一針、第二針扎下去，紅綢裡都還扭動幾下，第三針、第四針扎下去，紅綢就一動不動了。雲鶴看扎得差不多了，便一拽身後的細絲，床簾上繫的小鈴鐺叮鈴鈴響，對曹大戶和二姨太等人說：「好了，小姐的魂魄已經出來了，我與小姐今晚下陰間去給小少爺引路。」曹大戶等雙手合十稱謝。

雲鶴又吩咐：「你們用晚飯時不用叫我，吃完後也都各自回房，不許出來走動，各房都準備好馬桶，不許上茅房，一旦有風吹草動驚擾了我，別說小少爺，我跟小姐都回不來了！」這一席話唬得曹大戶等心驚膽戰，諾諾稱是。

雲鶴看他們面露恐慌之色，接著又寬慰道：「我是有分寸的，不會出事。明天這個時分，就大功告成了，你們準備好酒席，迎我們出關。再過不了十天半個月，你們倆的大胖兒子就能懷上了。」二姨太聽了此話更是喜上眉梢，拜謝不止。

曹大戶等按照雲鶴指示，吃完晚飯就回房中，誰也沒敢出來走動。一夜無話。

出關

第二天，二姨太和曹大戶歡天喜地在外宅張羅了一大桌酒席。傍晚時分，曹大戶帶著下人們來迎接雲鶴出關。

曹大戶一行來到屋前，任憑敲門喊人均無人應答。讓下人打開門，門內十分安靜。曹大戶怕驚擾了雲鶴，躡手躡腳地走到床前，掀開床簾一看，雲鶴不見蹤影，只留下裹著紅綢子的曹大姐在床上。

曹大戶連忙抱住女兒，發現已經一點兒體溫都沒有，是冰涼的了。急忙招呼下人，一起抽開紅綢，紅綢抽展開來後，「咕隆隆」一個滿身針眼的女屍滾到床裡面，定睛一看，這女屍不是曹大姐，而是四姨太！

曹大戶一看「啊呀」怪叫了一聲，嚇得一屁股坐到了地上。可還沒等下人去扶他，他又手指床下「娘呀」一聲怪叫著踉踉蹌蹌地爬了起來，瘋了似的就往外跑。下人不明所以，也俯身往床下看，那床底下，竟是雲鶴的死屍！

二姨太聽到內宅騷動，趕忙進來看。只看到瘋癲似的曹大戶在院子裡跑，扒開圍觀的下人，看到小姐房裡床上床下兩具死屍，一時間手忙腳亂，不知如何是好。這時她想起家中還有一位臥床的三姨太，這才慌張地去尋她商量，誰知三姨太並不在房中。召集下人去找，搜遍了內宅、外宅，也不見三姨太和曹大姐身影，家裡的金銀鈔票也全都不見了。

經此一變，愛妾被針扎死，愛女不知去向，給自己老娘超度的道士也暴斃在家中閨房，金銀細軟也都不見了蹤跡，原本還在美滋滋地等著抱兒子的曹大戶一時受不了打擊，加上雲鶴日日給他灌的壯陽藥，吃得他邪火攻心，一口氣沒順過來，就瘋了過去。

二姨太看他瘋了，裹著剩餘的家財讓家裡的廚子帶著她跑去了上海。下人們見老爺瘋了、太太跑了，也都把傢俱哄搶瓜分後各自跑反去了。曹大戶同宗的堂兄、堂侄們打著贍恤[1]的名義，霸占了他的房屋田產，然後又以治病爲名，把他打發到了他上海小舅那裡。上海小舅爲什麼要收留他？他又被小舅趕

1、贍恤：救濟、撫恤。

了出來，抱著小狗上街遊蕩。

當年坐擁千畝田產的曹大戶整日裡抱著家裡的小狗上街，逢人就講「喲是吾家伢、喲是吾家伢[2]」。這好好的一家人，只因這一場迷信求子，搞得家破人亡、妻離子散，好不淒涼。

這正是：

世人皆癡生兒郎，有女孝敬又何妨？
鬼迷心竅信妖道，教你家破人又亡。

2、此為中國方言，意為「這是我家的小孩」。

提籃橋

民國三十五年，上海提籃橋。

日本投降後，日本的特務機構梅機關[1]還賊心不死，在南京、上海埋了不少「釘子」，也就是臥底，還在各地藏了些黃金、槍支，預備以後反攻時用。

梅機關的理想很豐滿，但現實卻很骨感。梅機關前腳一撤，軍統的接收人員後腳就到，信誓旦旦地給梅機關做過保證的汪僞特務就紛紛帶著軍統把這些黃金、軍火挖了出來，作爲投誠的資本。唯獨只有一個姓計的老漢奸不肯交代。

這個計老頭是汪僞七十六號裡專門負責金融安全的專員，據線報，他經手

1、梅機關：抗日戰爭期間，日本在上海設立的特務機構。

的黃金是最多的。在資訊閉塞的牢裡，他聽信一個荒謬的謠言說「日本和英、美已經談和，中國和蘇聯結盟，馬上三戰就要爆發，日本人就要打回來了」，於是死活也不肯交代黃金的位置。

他一個快七十的老頭還身有重病，不能打他，也不能餓他，他萬一死了，黃金就成了謎案。他做了大半輩子特務，尋常的那些特務套路在他身上也不好用。他家裡也沒有親人，也沒法拿親人來威脅他，軍統拿他一點兒辦法也沒有。

本來他提出要直接跟戴笠[2]談。戴笠知道他手上有貨，也就答應了。可世事就怕一個巧字，戴笠在飛往南京的路上墜機，意外身亡。得知戴笠的死訊，計老頭更堅信了「日本人已經打回來了」之說，嘴鎖得更緊了，可笑至極。

太子蔣經國因爲這件事對軍統十分不滿，於是派出自己的得力戰將少校主任孟復明去搞定計老頭。孟少校接了太子的密令，立刻從南京趕往上海。這孟少校不愧是建豐[3]太子的手下，講究實幹、雷厲風行，一到上海謝絕了上海方面的一切接待，直奔提籃橋監獄提審計老頭。

2、戴笠：中華民國特工頭領，長期從事特工與間諜工作，曾負責國民政府情治機關。
3、建豐：蔣經國的字。

兩個大兵把計老頭帶到，孟少校也不抬眼看他，就坐在桌前認眞地讀他的檔案：「計相友，一八八〇年生，安徽省愼縣人，一九二六年在武漢入黨。姐曹計相梅。」讀到他的家庭關係，原本擰著眉毛無比嚴肅的孟少校突然「噗哧」笑了，冷不丁笑了一聲倒把計老頭嚇了一跳。

孟少校拿出香菸點了一支，還親切地給了計老頭一支。孟少校俯身幫計老頭把菸點上說：「老人家，咱倆可是夠有緣的。」計老頭接了他的菸本就受寵若驚，他這一句計老頭就矇了。計相友遲疑地問道：「我與上峰[4]素昧平生，何來有緣之說啊。」孟少校笑吟吟地轉用安徽土話問計老頭說：「吾講個名字你望望你可曉得哦。」他深深吸了一口菸，仰天抬頭吐了個煙圈道。

「你還記得有個人叫夢蝶？」

4、上峰：上級長官。

廚子

計相友遲疑了一陣，似乎矇住了。

孟復明看他矇了，又起身對他打了一個稽手，接著問他：「可想起來了？」

計相友倒抽了一口冷氣，抬眼看著這個一身戎裝的黑壯軍官，滿臉的難以置信。夢蝶、夢蝶，這個讓他咬牙切齒、日思夜想的名字，他哪裡會不記得？五年前，曹大戶的本家把曹大戶送到計相友這裡，計相友看到自己的瘋外甥，先是震驚，然後是震怒。

姐姐死後，外甥成了他在這世界上唯一的親人。如今被人弄得家破人亡，還瘋了。是誰這麼大膽敢欺負到自己頭上？而且自己這些年省吃儉用貪出來的小百萬塊養老錢，盡都存在外甥那裡，出了這事，也都打了水漂。震怒之下，他立刻安排人去查，要下面的人一定要抓住這班道士。

可這愼縣的案子要查起來，也不是那麼容易的。他們七十六號也就是在上海到南京的狹長地帶上橫行霸道，稍微走遠點到了安徽，就不那麼管用了。要知道，那時的安徽地面上，山林裡盤著重慶的救國軍，村莊裡踞著延安的游擊隊，只有各縣的縣城控制在日本憲兵隊手裡，可日本憲兵隊他指使不動，也只有僞員警能聽他的派遣指揮。

可就連僞員警對這位同鄉兼上峰也是陽奉陰違，一直也沒有給他什麼建設性的幫助，只一味回信「已經掛牌立案，正全力處理」之類的託詞，連從曹家逃出去的家人都沒逮到一個。

給同樣找老道辦過法事的僞縣長去電話瞭解情況，僞縣長只推說不知道，再打縣裡的電話那邊乾脆就不接了。半個多月過去，案件查得毫無頭緒。大特務頭子查自己家的案子都是如此效率，汪僞內部機關辦事之效率就可見一斑了。

正當調查陷入了僵局之時，恰巧有一位愼縣同鄉從家鄉出來求事，拿錢四處請客，愼縣在汪裡面的高官權貴一共就那幾個，請著請著就請到了計相友。老頭看是生名字，本不想去的，但又想透過這個新來上海的同鄉瞭解一下愼縣的情況，問問他對幾個道士的事是否知情。

誰知赴宴時，計相友還在跟人寒暄、尚沒落座之時，請客的東家臉上變了顏色，撒腿就跑，計相友的扈從眼疾手快一把就抓住了他，問：「你跑什麼？」那請客的人也不言語，當場被抓回七十六號嚴刑拷打一問，哎呀，你猜這人是誰？

他竟是曹家逃出來的廚子！

會樂里[1]

曹大戶家的廚子怎麼會成了跑官運動的社交家呢？這還得從曹大戶瘋了之後說起。

曹大戶瘋了以後，小腳的二姨太讓廚子帶她到了上海。到了上海灘，她一個沒出過遠門的農村婦女什麼都不懂，怯得很，就央著廚子給她找房子。

廚子辦事極利索，沒一日就說找好了房子帶她去。搭車到了地方，有個小青年掏給廚子一把錢。她問：「這搞什麼？」廚子說：「這是我上午訂房子時給你墊的定金，現在退給我的。」說著指著一扇小門：「你先進去看看房子吧，我幫你卸行李。」給廚子錢的那個小年輕殷勤地攙著她的手，領她進了

1、會樂里是民國初年上海最著名的紅燈區。

門。他兩個這邊一進門，廚子馬上就從外面把門帶上，拉著她的行李揚長而去。

二姨太不知道怎麼回事，要回頭看時，小年輕攙著她的手一換勢，把她緊緊抓住，此後她再也沒出過這扇門。

原來，廚子把她賣到了會樂里最髒、最爛的野雞堂子來了。

這正是：

蛇蠍養母二姨娘，一朝眼紅喪心狂。
善惡到頭終有報，人間正道是滄桑。

廚子

廚子拿著賣二姨太的錢加上二姨太從家裡帶來那些錢，濫賭濫嫖了幾天還有許多，燒得他心裡難受。一個大字不識幾個的廚子，竟然也做起了當政客老爺的夢來，於是請人寫了幾十張名帖，印了幾十張名片，做了一套毛料制服，拿著錢四處拜愼縣同鄉，想在汪僞政府裡面運作個官來做做。

廚子哪裡想到官還沒運動到，命先丟了一半，被計相友抓了個現成。抓到了廚子，計相友這才全面地掌握了老道一行人的事。從老道破地獄到雲鶴扎針，其中最有價値的線索就是兩個小道士的道號「雲鶴」、「夢蝶」以及夢蝶和老道的體貌特徵。除了死了的雲鶴，夢蝶和老道成了破案的關鍵。

無名無姓無道號的老道無從抓起，計相友便整天嘴裡念叨「夢蝶」，派人挨個道觀去查，手下的小特務抓了一堆叫「夢蝶」的道士，但不是太瘦就是太小，就唯獨沒有黑大個。

之後，隨著日軍在戰場上越來越吃力，七十六號在淪陷區的工作量也越來越大，本職工作都力有不逮，計相友查「夢蝶案」的私活兒也自然就被擱置了。雖然沒再發力查過這個案子，但「夢蝶」這兩個字，始終都在計相友心頭縈繞著。

計相友如何都料想不到，自己念叨了多年的「夢蝶」竟然就站在面前，而且還是審問自己的軍統官員。

建豐

孟復明原是上海交通大學的高材生，憤慨於九一八以來日本侵略的猖獗，棄筆從戎參加了軍統的青浦培訓班。

畢業後屢建奇功，沒兩年就升爲上尉組長。但孟復明原籍安徽巢縣，在蔣中正和戴笠的浙江同鄉大行其道的軍統內部，屢遭排擠。

正在鬱鬱不得志之時，他突然被太子建豐召見，要請他去公館吃晚宴。太子意外地平易近人，對他一番噓寒問暖，對他在軍統中的遭遇也表達了不平。感動得孟復明幾乎涕泗橫流。太子話中的大意是「戴雨農該槍斃，該換你孟復明」，孟復明嘴上替老師開解「戴局長也有他的難處」，心裡卻深感太子知遇之恩，心花怒放。

在客廳裡，太子一直在跟他說生活、工作上的事，對戰事、國事隻口不提。到了傍晚招呼他用餐，太子才開始講起了國事，且講的不是軍事也不是情報，而是與孟復明不相干的金融。

「政府在撤退過程中，在南京、上海的各大銀行中留下了大筆的法幣。日本人和汪逆用這些法幣，到咱們這邊來買寶貴的戰備給養與英美援助。」蔣經國邊說邊嘆氣，「嘗到了甜頭的日本人甚至開始印製可以亂眞的法幣僞鈔，極大地干擾了咱們的金融安全，英美友邦對此也非常不滿。」

講完了這些，建豐放下筷子，一聲嘆息：「難呀！」孟復明條件反射似的起立道：「屬下失職。」蔣經國笑道：「坐下！日本人印的假鈔，你失什麼職？」孟復明也自覺失態，坐下後抓抓後腦勺憨憨地陪笑。

「前幾天開碰頭會，戴雨農提議派人去汪逆那邊盡可能地摧毀他們手上的法幣，我附議了。」說著喝了一口湯，對孟復明說，「你快喝湯，涼了就不好喝了。」孟復明低頭喝湯，建豐接著說：「我跟你們戴局長各提了一個方案。他的方案是硬碰硬直接去他們的中央銀行搞爆破，我覺得不妥。上海那邊的金融安全都是日本人直接抓的，恐怕很難得手。」孟復明邊喝湯邊點頭表示贊同。建豐接著說：「所以，我也提了一個方案，老頭子給兩個方案都點了頭。不過，我這個方案還缺一個專業的特工參與啊。」孟復明一聽立馬放下湯匙站了起來：「屬下願意效勞！」

建豐欣慰地一笑：「復明，你怎麼又站起來了？坐下，坐下。」拉他坐下，建豐接著說，「我手下養有兩個奇士，他們雖然身懷絕技，但是缺乏專業的訓練，需要一個專業的特工來領導他們。我看了許多檔案，選中了你呀。」接著又一五一十地向他講起了計畫。

建豐手下養著一些奇士，其中一個是他在江西督導抗日的時候投入麾下的一個道士，做的一手好法事，尤其是做的一場破地獄。重慶聚集了全國的達官貴人，但高僧名道卻沒有幾個。建豐派他去給要員們家裡幫忙做法事，為自己籠絡人心，頗為有效。

雲中鶴

另一個奇士的來路就頗爲靈異了。

河南登封報上來一個奇案，一個叫雲中鶴的江湖騙子不知道用了什麼手段讓一個鰥居的富戶相信這個雲中鶴就是自己失散多年的兒子。富商敲鑼打鼓地帶著「兒子」遊街，滿城的人都來圍觀。

雲中鶴正在馬上春風得意，到了富商府中準備做大少爺時，卻被當地警方上門抓了去。

原來，雲中鶴遊街路上，被一個曾經被他騙過的少婦發現，少婦領著娘家人報了官。

這個少婦原本嫁到滎陽去做少奶奶的，不幸死了丈夫，就一個人守著偌大的家產獨自過日子。一次，家裡的下人請了一個祝由[1]郎中扎求子針，少婦路過時，看那江湖郎中口中念念有詞，像有眞本事的，就請他給自己也號號脈。當晚，那少婦做了一個夢，夢到自己的亡夫說那江湖郎中是自己轉世，讓他以夫事之。少婦信以爲眞，眞的把那江湖郎中當作了自己的亡夫，和他做起了夫妻，同床而臥自不在話下，銀錢更是給了他不少。雖然過去的事問起雲中鶴，他經常答不上來，少婦有過疑竇，但亡夫夢裡言之鑿鑿，不由得她不信。

不久，這事被她亡夫的同族發現，要來興師問罪。雲中鶴得了信，趁少婦不注意，就捲了錢財流竄到別處去了，留下少婦一個人被亡夫的同族拉到祠堂日夜公審。她辯說雲中鶴是他「前夫轉世」，祠堂裡的人哪裡會信？懾於她娘家哥哥是登封的縣長，沒讓她浸豬籠，但也下書休了她，把她趕回了登封老家。

少婦敵不過宗族在當地的勢力，只好收拾行李回娘家。誰知少婦剛回到登封還沒到娘家，在路上被富商迎接兒子的大隊攔住了去路。少婦掀開馬車簾子一看，那個在高大馬匹上遊街的富商兒子，正是在自己這裡騙財騙色、害得自

1、祝由：也稱祝由術，是一種用符咒治病的方法。

己被趕回娘家的雲中鶴。她到家後立刻告訴自己的縣長哥哥這一情狀，她哥哥即刻帶人去抓了他。

此奇案見報後，河南合縣紛紛有類似苦主來指認雲中鶴，有的說他騙財，有的說他騙色，最有甚者，有一個前清遺老說他意圖復辟。

這些人也都拿不出什麼像樣的證據，都只說被他下了邪術，晚上有人給託夢。有的是老娘託夢說雲中鶴是天上的神仙，讓給雲中鶴錢。有的是亡妻託夢說雲中鶴是失散多年的兒子，讓給雲中鶴錢，那遺老竟夢到李中堂託夢給他說雲中鶴是光復大清的大將軍，要他給雲中鶴錢「資助復辟」。

只有「夢」做證據，河南省依法定不了案，就做了個順水人情，把雲中鶴送到了建豐手下，作爲回應蔣介石「新生活運動」破除封建迷信的典型案例，讓太子建豐定案，給他做政績。

換一個上峰，估計象徵性地過了堂，讓記者拍個照，立馬就拉他去打靶了。可蘇聯留學回來的太子堅信唯物主義，偏偏不信邪，要讓這個雲中鶴給自己「看看病」，看看他這邪術到底有多邪。

雲中鶴不知他是蔣經國，只以爲他是哪個請他看病的高官，還眞給蔣經國下了術。他的術當場不見效，蔣就把扈從親隨叫進來訓話：「他有什麼邪術？

怎麼在我這裡就不見效呢？你們呀，不要聽風就是雨，要跟著領袖搞新生活運動，破除迷信。」扈從親隨們紛紛點頭稱是。雲中鶴從扈從親隨嘴裡聽出自己面前的人是太子爺蔣經國，不光沒害怕，還要求再給他加一次治療。蔣經國聽了覺得又可笑，又可氣，爲了徹底破除迷信，當場又讓他給自己做了一會兒治療。之後就讓扈從把他送回牢裡準備打靶。

當晚，太子居然夢到了他在浙江溪口老家被日機炸死的老娘毛夫人，沒能見母親最後一面的蔣經國與毛夫人抱頭痛哭。臨了，毛夫人還交代蔣經國要善待雲中鶴。

一覺醒來，太子滿臉都是淚水，他這才意識到這個雲中鶴的厲害。讓人從牢中把他提出來詢問，雲中鶴就對建豐交代了自己是祝由術傳人，篤信唯物主義的建豐不住讚嘆神奇，把他收爲門客。

有外人指摘他蓄養左道時，他只說「那是催眠術、催眠術」。要知道，建豐他老頭子蔣中正，跟著他小媽宋美齡一起迷信基督教，最是厭惡中國的民間神鬼佛道，如果被他老人家知道自己手下有這種人，不免又是一頓訓斥。一想到此處，心裡就有些不安。但讓這種異士落到別人手裡他又不放心，於是仍把他蓄養在身邊。

剛好，那天開會時聽到了戴笠提出的銷毀淪陷區法幣的計畫。他靈機一動，也提出了一個方案，又能制衡戴笠在情報機關的一家獨大，又能把雲中鶴這個燙手山芋送走，是一箭雙鵰的好辦法。

建豐會上提出方案是，讓老道和雲中鶴裝成道士去淪陷區給大戶人家做法事，找機會銷毀他們手裡的法幣，順便搜集情報。實則是想利用雲中鶴的異術，讓他故技重施，攫取淪陷區漢奸、富戶手裡的財富。

老蔣對日本人用淪陷區法幣攫取國統區物資的事本就深惡痛絕，加上英美一再拿這件事來威脅他要切斷援助，也沒管兒子提的方案靠不靠譜，就病急亂投醫似的點頭同意——就算失敗了，也無非是多死幾個特務而已。有人發聲反對太子離奇的計畫，老頭定調說：「孫子曰守正出奇，這項行動有雨農守正了，就讓經國來試試出奇吧，這才是兵法正道。」

計畫雖然上馬了，但老道和雲中鶴兩個人都沒受過專業訓練，而且雲中鶴這個江湖騙子政治上不可靠，還需要一個專業的特工來組隊才能保險。蔣經國讓人從軍統中挑選一個非「浙江同鄉會」、政治上又可靠的實幹派來，老家安徽且是棄筆報國的大學生孟復明剛好符合條件，於是才有今天這頓家宴。

交易

孟復明把自己等三人是軍統特務、任務是燒毀淪陷區地主大戶家裡的法幣、雲中鶴能給人布夢這些情事刪去涉及太子的機要內容，大致講給計相友聽。計相友聽得眼睛都直了，又是恨，又是驚嘆，心中的迷霧也逐漸消散開來。原來當年把自己困在上海不能回老家給姐姐奔喪的那幫軍統特務和弄得自己外甥家破人亡的一隊道士，竟是一個行動的兩個團隊，唏嘘不已。

唏嘘到一半，計相友又想起廚子向他交代的離奇案情。就問孟復明：「我外甥的小妾和雲鶴是怎麼死的？紅綢子明明包的是大姐，爲什麼又換成了那個小妾？」

孟復明嘿嘿一笑：「想知道？」計相友點頭。「那就交代出日本人埋黃金的位置，我就再費點口舌告訴你。」

計相友點頭答應，又問孟復明要了一支香菸。孟復明拿出一支來給他點上，才又緩緩道來。

經過短暫的磨合，他們三個就進了淪陷區，任務執行得還算順利。雲中鶴和孟復明化名「雲鶴」、「夢蝶」，管老道叫師父。老道的破地獄做得的確是好，一大套唱經禹步行雲流水，一手的紙錢撒花層層高飛，十分絢爛好看。

至於那些神跡，基本都是些江湖淫技，老道日行千里是坐了事前安排的汽車，憑空引燃的黃表是抹上了能自燃的黃磷，隔空擊碎的瓦片是鞭炮聲掩蓋下軍統神槍手孟復明用鋼珠槍打的，只有最後的託夢是雲中鶴的祝由術所致。

或是眞異術，或是假手段，他們這套「破地獄」的法事憑著這些「神跡」在淪陷區的權貴中流行開來，不僅焚燒了大量的法幣，還獲得了很多眞金白銀的報酬。

雖然計畫運行十分順利，但是出身不同的三人矛盾不斷。尤其是思想政治過硬的愛國大學生出身的孟復明與江湖騙子出身的雲中鶴，手裡掌握著大量黃金財富，雲中鶴幾次想要去喝酒、狎妓都被老道和孟復明阻攔。雲中鶴那套託夢洗腦的神通對知根知底的老道和孟復明毫不奏效，而孟復明一掏出鋼珠槍就能把雲中鶴嚇得服服帖帖。

孟復明的眼睛片刻都不離雲中鶴，也不許雲中鶴離開他的視線範圍，晚上睡覺都要跟雲中鶴睡一張床。就這樣，三人一路同行，相互節制，也沒出什麼亂子。

藥鋪

一路上，三人一直是團隊作業，從沒分開過。前一家的法事沒做完，絕不去做後一家的法事。可巧，曹大戶家這邊剛做完，僞縣長就死了老婆。僞縣長的人把車子開到曹大戶的門口讓他們不好拒絕，曹大戶也樂於巴結僞縣長，沒有留他們，加上曹大戶日日來問「養生」，問得老道十分不耐煩。老道便拍板兵分兩路，自己和孟復明去僞縣長家，雲中鶴留在曹大戶家布夢，等曹大戶這邊結束了，讓他去僞縣長家會和。

要讓雲中鶴單獨行動，孟復明是老大不願意的，但老道的「師命難違」，且戴笠那一隊人在南京剛做了通天大案，見了報之後他們這邊也有些草木皆兵，如果強硬地拒絕僞縣長怕引來麻煩，所以孟復明也無奈同意。臨走上僞縣長的車時，孟復明狠狠地盯了雲中鶴好幾眼，以示警告。

雖然人去了僞縣長家裡，但孟復明心裡卻始終在惦記著雲中鶴，尤其是從僞縣長口中得知了曹大戶的舅舅是汪的情治頭子之後，更是擔心得夜不能寐，怕這個江湖騙子會背叛革命。

僞縣長交往多，家裡的法事做得又尤其大，雲中鶴不在，孟復明和老道兩個更是忙得不可開交。僞縣長請來的僞安徽省高官們，見了老道破地獄的「神跡」，都迷信不已地圍著老道和孟復明各種要求講法、看病。汪裡面的官員不務正業、尸位素餐老道和孟復明都是知道的，但是安徽的僞官們能夠如此無所事事地成天圍著兩個道士打轉就超乎了他們的想像了。

這些高官圍著他們轉，孟復明自然抽不出身去監督雲中鶴。直到一天，老道被這些人纏不過，被迫給他們開了一劑「長生方」，讓孟復明去藥鋪抓藥。孟復明得到機會離開僞縣長烏煙瘴氣的家，自然是高興的。

出門逛了一大圈，才去了藥鋪。正抓藥時，碰到了一個熟人給他請安。孟復明心想這人生地不熟的地方怎麼會有人給他請安呢？低頭看時卻是曹大戶家跑腿的下人，當時去臨縣裡請他們的就是他。孟復明問他：「你來幹什麼？」那下人如實答道：「雲鶴道長給開的仙方，讓我來照方抓藥。」

孟復明一聽有些詫異：「什麼仙方？拿給我看。」他看了一下藥方，雖然看不懂，但把藥材用量記了下來。對曹家下人說：「回去見了雲鶴，不許說你遇見了我。」下人諾諾，就抓藥回去了。

孟復明抓完藥，趕緊回去把雲鶴的「仙方」背給老道聽。老道聽了直伸舌頭：「這裡面除了幾味壯陽的，剩下的全是安神催眠的藥，劑量很大。他要做什麼？」

孟復明和老道商量再三，決定必須下鄉去看看。於是晚上等僞縣長一幫人都散去了，孟復明縋樓而下，要夜襲曹宅。

夜襲

孟復明上半夜趕路的同時，雲中鶴正在曹大戶房中給他布夢。孟復明趕到曹宅翻牆而入，進到雲中鶴房中發現床上無人，十分納悶，又繞到了宅子後面去聽牆根。別的幾房都悄無聲息，只有茅房邊上的一間有聲響。他附在牆根上，伸長了耳朵一聽，果然是雲中鶴聲音。

雲中鶴細說些什麼「扎針」、「金銀」、「一起回河南」，又聽一個女聲說「不讓扎」、「我害怕」之類。孟復明雖然不知道雲中鶴到底做了什麼，可「一起回河南」幾個字一說，他就判定這傢伙肯定是做了背叛革命的壞事要跑路，拔出槍就準備破窗而入，進去清理叛徒。正待破窗時，他又冷靜一想，自己此來是準備嚇唬嚇唬雲中鶴把他帶走，只帶了一把匕首、一把不能消聲的鋼珠槍，此時自己破窗而入，放兩槍，動靜肯定會驚醒曹家人，自己雖然跑得了，可老道還在僞縣長家裡，曹家的人一個電話打到警察局，老道就會被抓起來。

他只好收起槍，摸出匕首，輕聲開窗進茅房裡埋伏，打算待雲中鶴從隔壁出門時無聲無息用刀結果了他，自己再連夜趕回縣城，趁天亮曹家人發現雲中鶴屍體前帶老道一起跑回重慶。

他輕手輕腳、看前顧後走進茅房，哪知一進茅房竟與裡面的人撞了個滿懷。他以爲是雲中鶴，一把捂住那人的嘴就準備抹脖子。舉刀就要動手，電光火石之間，他借著月光定睛一看，自己捂住要殺的竟是個女人。

月光透過茅房的格子窗，照在他與那女人身上。他倆一前一後，女人的雙腿在前，上身靠在孟復明懷裡，那姿勢就像探戈一樣。看著那女人，孟復明動了惻隱之心，用拿刀的那隻胳膊緊緊鎖住女人，在她耳邊說：「我是來清理門戶的，你乖乖待著我不傷你。敢出一聲，就一刀結果了你。」

那女人倒也是個奇女子，聽他說完竟臨危不亂地點點頭，不再掙扎了。孟復明把刀架起來，緩緩地鬆開捂嘴的手。那女人果眞一聲不吭，不喊不鬧。孟復明嘗試性地小聲問她：「隔壁是誰的房？你是誰？」那女人說：「隔壁是四姨太的房。我是曹有才的三姨太。」

原來，前兩日都是雲中鶴親自煎藥，煎好親自吩咐人分別送到曹大戶、二姨太、三姨太房中。那天白天，雲中鶴忙著弄頭七的法事，藥配好之後交給曹家下人去煎，交代好哪一份是誰的就去弄法事去了。那下人煎藥中途跑到外面去看雲中鶴作法，回來時忘記了三罐藥的順序，但雲鶴始終陪在曹大戶身邊，他怕曹大戶打又不敢去問，就胡亂把藥端到曹大戶、二姨太、三姨太房中，送到曹大戶房中的是三姨太那罐滿是安神催眠藥的藥湯，端到三姨太房中的卻是曹大戶那罐半是催眠藥半是壯陽藥的藥湯。

曹大戶吃了安眠的藥，被雲中鶴布完夢後倒頭就睡了。可三姨太吃了曹大戶那罐滿是海馬、鹿茸、淫羊藿壯陽藥湯後渾身燥熱，輾轉反側睡不著。實在難受得不行，她就想去找雲鶴問問。她剛走到門口，撥開窗簾看看外面黑不黑，要不要點燈，誰知看到月光下雲中鶴出了曹大戶房進了四姨太房。她心想：「道長怎麼會進了四妹的房，是不是私下教給她生孩子的密法？」想到這裡，好奇心爆棚的她便壯起膽子悄聲跑到四姨太前窗準備偷聽「道長的密法」。

她在房前窗前聽牆根，孟復明在房後窗前聽牆根。四姨太的床離前窗近，離後窗遠，孟復明沒聽清楚的，三姨太聽得一清二楚。雲中鶴要扎死曹大姐，和四姨太兩個勾搭成姦，要帶著曹家金銀細軟逃回河南這些三姨太聽得一清二楚、大吃一驚。正在驚訝時，雲中鶴對四姨太說了一聲「我走了」，她以爲雲中鶴要出來，連忙要跑，可自己房間太遠，靈機一動她就進了隔壁的茅房，跟從窗子裡爬進來的孟復明撞了個滿懷。

知道了她的身份，孟復明又問她自己剛才聽到的「扎針」、「金銀」、「一起回河南」是什麼意思。三姨太又把昨天雲中鶴提出要扎曹大姐求子、剛才聽到雲中鶴要跟四姨太扎死曹大姐後趁亂逃回河南這些告訴了孟復明。

孟復明身在一向以心狠手辣著稱的軍統，聽了這事都覺得不寒而慄，這個雲中鶴眞是太狠心了。孟復明緊緊抱著三姨太在茅房說悄悄話的同時，雲中鶴也在房中抱著四姨太安慰她。聽得隔壁腳步聲音，孟復明連忙讓三姨太噤聲，兩個人藏到了茅房的牆角裡。

等雲中鶴腳步聲遠了，孟復明踮腳往茅房的窗外看，確認雲中鶴已經進了房間，才和三姨太放鬆了警惕。孟復明把架在三姨太脖子上的匕首放下轉身要走，準備先回去把老道送走再回來殺雲中鶴。他又叮囑三姨太一定裝作自己沒來過。

三姨太一把拉住他：「這天都快亮了你還去哪？外宅的下人恐怕已經起來

燒水做飯了。而且你可知道我家門口是日本人過兵車的大道，你來時沒撞到日本兵是命好，萬一回去時撞到怎麼辦？」

孟復明問：「那怎麼辦？」三姨太道：「你先到我房中藏起來，再從長計議吧。這裡不安全，萬一有人起夜就糟了。」孟復明遲疑道：「你房中丫鬟呢？」三姨太答：「沒事，曹有才要清修，晚上把她們都趕到外宅去了。」

狸貓換太子

孟復明跟著三姨太回房間，兩人床上對坐。三姨太問他：「曹有才前天言之鑿鑿說的不扎，你那師弟怎麼就斷定一定會扎呢？」孟復明不好跟她解釋雲中鶴會祝由術能給人洗腦的事，只好說：「他口才了得，能說會道，應該是今天又說服了他罷。」接著，孟復明反覆推演明天的計畫，推演了一晚才定下一個萬全之策講給三姨太聽。六點時分，聽到外面一陣響動，三姨太慌忙讓他藏到床底下。

那響動正是昨晚被他娘託夢的曹大戶睡醒往雲中鶴那邊跑的聲音。三姨太換上衣服，就跟著人聲去雲中鶴房中看。按照孟復明昨晚的計畫，是要她受傷或是裝病，所以她就死命反對他們扎針，曹大戶他們沒打幾下，她就裝作被打暈，被送回房中。

攙扶她的下人走了，三姨太就對床下的孟復明說話，孟復明小聲說：「你先別動，別說話，四姨太肯定會進來看你。」三姨太聽他的話，趴在床上一動沒動，不時還「吭嘰[1]」呻吟兩聲。沒一會兒，如孟復明所料，四姨太果然來看她了。

確認四姨太走了，孟復明才出聲問三姨太：「你沒事吧？」三姨太咧嘴一笑：「沒事，這才打幾下，我當初在戲班裡學戲時，不比這挨打挨得厲害？我……」

孟復明顧不上玩笑：「先別出聲了，四姨太估計還會路過。」果不其然，廊下又響起一陣腳步聲，來回三、四趟。腳步停了有十分鐘，孟復明從床下鑽出，對三姨太說：「你先去把紅綢子裡的大姐救出來，背著她走小路往縣城走，在縣城外的土地廟等我。路上碰到熟人問時你就說大姐病了，你背她去看大夫。」三姨太按照他的指示，從紅綢子中救出大姐，背著她從後門走了。得虧三姨太以前是戲班裡的刀馬旦，從小練就了一身腰馬的好功夫，換了一個鞋弓襪小的女人，眞夠嗆能背得了一個十幾歲的大姑娘走幾里路。

1、吭嘰：是北方方言。北京方言中，不舒服時發出的聲音。

孟復明走到四姨太門前敲門，四姨太問：「誰啊？」他學著雲中鶴說河南話：「我。收拾好了沒有？」四姨太邊走過來開門邊說：「看看唱經把你累的，聲都粗了，是不是嗓子啞了？」四姨太一開門，還沒反應過來，孟復明一個手刀，把她劈暈過去。

孟復明從四姨太房中拿起四姨太床上裝著金銀的包袱，連忙抱起四姨太進了曹大姐房中，用紅綢子把四姨太包好，把三姨太和曹大姐打開的後門關好，回到曹大姐床下蟄伏。

雲中鶴帶著二姨太、曹大戶進來扎針，扎完針雲中鶴把曹大戶他們趕走這些，孟復明在下面聽得一清二楚。雲中鶴在上面不動，孟復明在下面也一動不動。外面天大黑了，約摸入了午夜，雲中鶴才動身。孟復明聽他動了，通過地上影子判定雲中鶴方位，左手懷中掏出匕首，飛身出了床底。雲中鶴正要翻窗遁走，聽見後面有動靜，正要回頭看時，只見孟復明站在那裡，還沒來得及開口說話，就被孟復明捂住嘴，抹了脖子。

孟復明用雲中鶴的道袍擦乾血跡，把他塞到自己剛才藏身的床底，背起四姨太裝滿金銀的包袱揚長而去。

尾聲

孟復明口若懸河地講了半天，講得口乾舌燥，啜了一口茶。再看計相友，老頭聽入了神，一動不動，手上的香菸化成了長長的一截菸灰，「啪」的一聲落到了地上。菸頭燙了手，他才「哎呦」一聲扔了菸頭，回過神來。

孟復明放下茶杯，又給他點了一支：「說回正事吧，線報說日本人埋了十五處黃金，你給我指出十四處，我就放你出去。剩下一處留給你做養老錢。」

計相友仰天吐了一口煙圈：「我知道你們軍統的手段，你們不會放過我的。」

還沒等孟復明分辯解釋，計相友又說：「十五處黃金，我可以全部指給你，但你必須答應我一個要求。」孟復明點頭答應道：「你說吧。」

計相友嘆了一口氣：「你們弄瘋了我外甥，這世上沒有家人給我收屍了。」說著抬起頭凝視著孟復明的眼睛說，「打完靶之後，能不能麻煩你找道士給我做一堂破地獄？」

斬龍角

靈卦張

亂世裡的袁寨，像《桃花源記》裡的桃花源那般安定祥和。袁寨裡老實本分的長工、佃農沒人讀過陶潛的文章，更沒聽過這個玄乎的故事，他們只知道袁東家是全天下最好的東家。

前清道咸以降，天下大亂，中原各地的地方豪紳爲了保境安民紛紛築牆營寨，然而像袁寨這樣深溝高牆的堅固村寨也並不多見。袁寨在河南項城縣南十五里，嫡長房的東家袁貢生是十里八鄉有名的大善人，但凡有來投袁寨的難民，無論男女老幼他都一概照單全收在寨內收容安置。因爲袁寨寨牆堅固，團練兵強馬壯，四周的強人響馬[1]不敢貿然攻寨，加上袁東家的叔父在朝爲官，

1、響馬：北方乘馬攔路的強盜。因劫掠時先施放響箭，故稱為「響馬」。

官居一品，地方官吏平常也不敢攤派敲詐袁寨。官匪二家都不騷擾袁寨，亂世裡的袁寨就宛如武陵人誤入的桃花源般安定和平。

一日，一個逃荒的老頭餓暈在袁寨門口，袁家的莊丁拿出米粥將他救起。誰知那老頭是個瞎子，莊丁們嫌他目盲沒有勞力，等他把飯吃完就要趕他出寨。恰逢袁東家打馬回寨，見瞎老頭可憐，動了惻隱之心，就讓下面人收容了他。袁東家把他安置在袁寨長工們的通鋪廂房裡，每天和長工們一起吃飯，一起睡覺，到了秋冬天還給老頭準備下寒衣棉被。

就這樣，時間過去一年有餘。一日老頭託下人帶話，說一定要面見袁東家，袁東家不知老頭有什麼話要說，就差人把老頭扶到了自己書房。見老頭到了書房，袁東家問他：「老丈要見我，可是有什麼話說？」老頭一把撲倒在地上，說道：「我受東家你救命之恩，現在要報還東家。」袁東家聽他說完哈哈大笑：「我留老丈在此吃住，本來就不圖什麼報答。何況老丈你雙目失明，起居行動尚且不便，要如何報還於我啊？」聽完袁東家的話老頭也不惱，反問道：「東家你可知道老兒我這一雙招子爲何失明啊？」袁東家搖頭，老頭接著道：「我原在開封城裡算卦測字，十卦九靈，小姓張，人稱『靈卦張』，連省裡總督大人都請過我的卦。去年因爲給人算命時貪圖財利，不慎說漏了天機，遭了天譴，雙眼才變瞎。」

袁東家聽他說些故弄玄虛的鬼話也不駁他，只是在一旁笑，吩咐左右攙扶他回房。老頭一把撥開左右的手說：「老爺你要不信我，你就拿你生辰八字來，讀給我聽，我給你開個命盤，如果我說錯了一條，我自己離開袁寨，再不回來。」袁東家想要取笑他一把，就讓下人隨意找了個莊丁要來了八字，讀給老頭推算，老頭聽完笑道：「東家你休要和老頭玩笑，胡亂寫個八字來糊弄我，這局命盤是個做一輩子莊農的命。」

袁東家聽完大驚，連忙扶起老頭，連聲叫他神仙，差人拿來自己的八字生辰。老頭聽人讀罷袁東家的八字，掐指算了一算，將袁東家財帛、功名等一應情事推算得一條不差，還推出袁東家今年要喜得貴子。袁東家聽完大喜過望，當天晚上就差人把老頭接到了客房，還專門指派了個溫柔賢淑的小丫頭服侍老頭日常起居，以禮待之。又因袁東家的母親也姓張，玩笑時稱靈卦張作娘舅，所以上下的人都稱他爲「舅老爺」。此後，袁東家府中無論大小事務都要先請「舅老爺」推算過才會實行。靈卦張十算九準，爲袁家避免了許多無妄的災禍，賺取了許多天賜的福分。

探親

當時淮北一帶農民起義狼煙四起，朝廷派袁東家的叔父領了大軍在淮北征剿捻軍[1]起義。袁東家想要去淮北前線給老太爺請安，去問靈卦張。靈卦張一算就說：「東家你本月凶神太歲在東南，不能去淮北，否則要惹來刀兵之禍。」袁東家一聽有些不信，疑問道：「朝廷前月調蒙古的僧王僧格林沁帶著數萬蒙古大軍南下，僧王大軍所到披靡、無往不勝，捻賊即將被剿滅。此時去淮北慰問有何不可啊？」靈卦張只是搖頭不再做解釋，袁東家知他素有神通也不敢違逆他的指示，又問道：「可老太爺從京師萬里迢迢帶軍到了家鄉臨境，如果不去探望也太不合情理了。」靈卦張答道：「東家勢必要探望老太爺，就

1、捻軍，又稱之為捻匪或捻賊，活躍在長江以北安徽北部及江蘇、山東、河南三省部分地區。

寫封家書稱病，讓下人再帶些衣物酒食送去前線就好。」袁東家聽完連稱感謝，依靈卦張所說差了十幾個家奴帶著銀錢酒肉送往前線。

項城到安徽前線有七八天路程，可第三天慰問的人就回來了——十幾個人只回來了一個。回來的家奴灰頭土面，面色煞白，一進寨門就昏死了過去，昏睡了一天才醒過來。據逃回來的家奴說，他們剛到臨境的歸德府鹿邑縣就在官道上被捻軍扣住，捻軍從包袱中搜出了家書，只見了袁甲三名字就斷定他們一行是清軍細作，幾刀結果了性命。拉酒車的車夫拉肚子，解了個手就一不小心落了隊，趕到前面發現自己同伴都已經成了死屍，靈機一動對卡子上的捻軍謊稱自己是販酒的販子，將一車好酒都贈與捻軍才僥倖得以逃脫回到袁寨。

袁東家開始還不解，問靈卦張：「不是說僧格林沁蒙古騎兵天下無敵，已經把捻子剿滅了嗎？他們怎麼還會跑到河南的官道上來了？」靈卦張說：「明天初一，縣衙的邸報一出您就明白了。」第二天借來了邸報，袁東家得知此事後倒吸了一口冷氣，驚呼萬幸。就在家奴從袁寨出發的前日，僧軍被捻軍大敗，連僧王本人都被捻軍誅殺。此後，袁東家又愈加尊重靈卦張了。

懷孕

此事過去了一月有餘，袁東家最喜愛的妾室袁劉氏懷上了孩子，袁東家十分開心，更深感靈卦張的神通。

袁東家找到靈卦張，想讓他給袁劉氏腹中的孩子取個名字，靈卦張搖搖頭：「不用我給取，你去淮北前線探望老太爺吧，名字他那邊已經起好了。」

可袁東家因爲上次家奴被殺的事心有餘悸，便推託說不去，靈卦張看他畏畏縮縮的樣子笑道：「本月你凶神太歲已經過境，我保你此去安全無虞，說不好還能得個一官半職。」袁東家一聽能謀到官職頓時眼睛就亮了，他自己一生家財萬貫、妻妾滿堂，唯獨有一個遺憾就是仕途科舉不順，雖然十幾歲就在縣裡被點了秀才，被族中長輩視爲希望，可到了四十不惑之年還沒考取舉人，心有不甘的他只好花錢捐了個貢生出身，聊作自慰。

聽靈卦張說這一趟不光安全無虞還有官可做，早把家奴被殺的事忘到了九霄雲外，馬上吩咐下人準備下鞍馬套車和探望用的酒水衣物，次日就踏上了旅程。

果然，袁東家出發後沒幾天戰事就發生了轉機，湘軍、淮軍、楚軍各部援兵逐次趕到，在淮北本地團練鄉勇的配合下連敗捻軍。朝廷宣旨嘉獎的太監前腳出營，袁東家後腳進了營，再沒有這麼巧。

老太爺見侄子冒著戰亂前來探望自己更是喜出望外，將袁東家當成幕僚留在營中，將來向朝廷報功時暗箱添上他的名字，好爲侄子謀個好出路。

袁東家到營後不足半月，官軍就將捻軍基本剿滅，袁老太爺所率京兵將要凱旋。慶功宴上當地鄉紳富強爲了巴結感謝袁老太爺，拿出一張寫著袁東家名字的六品官照，稱已經在南京買好了潁州同知實缺。

袁老太爺立下不世戰功又手握重兵，見他們給侄子捐官也不客氣，就讓袁東家謝過他們的好意，去潁州上任。之前叔侄二人在營中戎馬倥偬並未得空敘家常，席間袁東家趁機把自己的愛妾懷孕的喜事報予老太爺知曉，請老太爺賜名。因大軍凱旋得勝，老太爺便給那未出生的孩子起名爲「凱」，席間人都稱讚這個「凱」字起得大氣。

袁老太爺班師回朝以後，袁東家就立即起身回了袁寨。到了家中他把自己得了官職的事一說，全家人都激動萬分，一方面他們爲袁東家得了官職而高興，另一方面又爲靈卦張精準的預言感到震撼，對靈卦張直呼舅舅，親熱萬分。

臨去上任前袁東家把家務全交給了精明幹練的妾室劉氏，還請靈卦張給自己指點了仕途，才放心地離開袁寨。袁東家在安徽把官做得風生水起，他雖只是個掛名的同知，但安徽官員知道他是朝中重臣的侄子，都不敢得罪他，正堂知府有事都要先問他這個同知的意見。

懷恨

花開兩朵，各表一枝。那邊袁東家把官做得紅紅火火，這邊袁寨家裡姨奶奶劉氏也把家事治理得井井有條，她雖懷著六甲的身孕，但是做事公道老練，用人差遣得當，在寨中很是服眾，不用說莊丁、下人，就是袁家的叔父長輩都常常誇她停當。

這劉氏什麼都好，就是有些精明得過度了，她覺得靈卦張一個瞎老頭子受用一個正當妙年的丫頭服侍有些不太値當，就私下換了一個幹粗活的老媽子去服侍他。靈卦張自覺自己爲袁家立下如此大功，劉氏居然降低自己的待遇，十分不滿，但畢竟寄人籬下，當面也不好發作。

一日一個家奴因偷懶被劉氏狠狠打了幾鞭子，恰巧照顧靈卦張的老媽子有事出了寨，袁劉氏派被打的家奴給靈卦張送飯。這家奴對袁劉氏懷恨在心，存心挑撥靈卦張和袁劉氏關係，給靈卦張送飯時悄聲對他說：「舅老爺，姨奶奶存心作弄你，這給你盛飯的碗以前是餵貓的。」靈卦張聽罷大怒，氣得一整天沒吃飯，心想一定要教訓教訓這個「目無尊長」的袁劉氏。可自己雙目失明行動不便，也無法與袁劉氏理論，只能從長計議，請外援來幫手。

第二天靈卦張叫來了昨日送飯的那個小廝，悄聲對他說：「小哥，我交給你個活你可願意幫我辦？辦好了我把你家老爺給我的銀錢賞你一些。」那個奴才見有錢可拿，連忙答應下，就問：「舅老爺有什麼吩咐？」靈卦張說：「你馬上啓程去濟南府，到山東總兵衙門找孫師爺，告訴他我在此處，讓他速來看我。如果總兵衙門問你哪裡人氏，你就說你是潁州同知家裡的，找孫師爺有公幹。若是有門子衙役爲難你，找你要拜帖，你就給些銀錢。」說著從懷中掏出了一袋銀子又補充道，「對了，姨奶奶若問你外出要去哪裡，你就說我給老爺推算了當月運勢要你口信送去。」一切安排穩當，那小廝就上路了。

孫師爺

原來靈卦張還有個師弟姓孫，因爲能掐會算又會寫字算帳，在開封時被一個軍官收作幕僚。後來這個軍官一路受他提點指示，沒幾年就做到了山東總兵。靈卦張失明後，原本就想去濟南投奔他師弟的，可請的車夫知他在開封算卦攢下了巨額財產，就奪了他的錢財把他扔在了路上，這才有一開始被袁東家救起的一幕。

話說那家奴馬不停蹄地趕到了濟南府，順利地見到了孫師爺，孫師爺聽說自己同門師兄流落在陳州鄉間，即刻就跟總兵將軍告了假，跟那家奴往陳州袁寨去了。

孫師爺見了師哥，聽師哥說了自己雙目失明、被車夫坑害等一系列遭遇後，兩人抱頭痛哭。袁劉氏聽說來人是靈卦張的師弟，又是山東總兵衙門的，自然不敢怠慢，當晚安排了酒席迎接他。酒足飯飽之後，孫師爺想消消食、散散步，袁劉氏就安排下人陪他到寨中四處走走。

散步回來後，孫師爺回到靈卦張房中，靈卦張支走了照顧自己起居的老媽子，正要向師弟抱怨袁劉氏對自己的種種劣行虐待，他還沒開口就被孫師爺搶過話頭來：「師兄，這寨裡眞是不得了啊。」他說完靈卦張噗哧一笑，「你總兵麾下的第一名贊畫[1]老爺，什麼樣的高城大寨沒見過，區區一個陳州鄉下的小寨有什麼好驚奇的。」

孫師爺答道：「我所說了得，不是牆高寨大，而是此間格局了得啊。這家在此築寨的先人乃是個堪輿門裡高手，不大的寨子，卻能巧用寨子的寨牆、哨塔、巷弄、水井圍繞袁家內府成一個團龍捧珠的大局。局成百年，他家是要出眞龍天子的！」

1、贊畫：輔佐謀劃。

砍樹

靈卦張聽罷一驚，原來袁老太爺、袁東家等內府子弟如今升遷得如此之好都是前人築寨時埋下的福根，自己諳記袁東家夫婦的八字，不出意外那眞龍天子就是袁劉氏腹中胎兒。

靈卦張問他師弟：「那此局可有弱點？」

孫師爺想了半天道：「他這個百年大局已定，是必要出個九五之尊的。花園裡有一片竹林是那眞龍天子的千軍萬馬，竹林中鶴立的一松一柏猶如那龍的雙角，是輔佐那天子的將相。若此花園草木遭殃，那君王肯定做不長久的。」

靈卦張聽罷點頭稱是，對師弟絕口不提與袁劉氏的嫌隙。次日孫師爺要帶靈卦張走，靈卦張只說要在此給袁東家報恩，不願去濟南了，孫師爺只好作罷。

一個月後，袁劉氏即將臨盆，袁東家告假回家探望。袁東家一進寨，頭一個就去給靈卦張請安，靈卦張見了對自己恭恭敬敬的袁東家後，原本要報復的心又軟了下來，畢竟是自己的救命恩人，一招破了他家的百年福根未免下手太重。於是就想向袁東家抱怨幾句，要是袁東家斥責袁劉氏幾句，把服侍自己的小丫頭換回來也就罷了。

袁東家來找他問卦時，他言語之間捎帶出袁劉氏對自己的種種排擠。

袁東家覺得自己愛妾治家辛苦，馬上又要爲自己降下愛子，對靈卦張的控訴不以爲然，竟然爲袁劉氏辯護了起來，還埋怨靈卦張：「您老是有大智慧的神仙，怎麼好跟一個身懷有孕的女人爲難？」

靈卦張沒有想到受自己一路指點恩惠的「袁家外甥」會作此反應，面上不表露，心中卻大怒，決心要報復他家。

孩子臨盆前幾日，他便到袁東家處說：「東家，我推算你和姨奶奶的生辰，你這孩子應是後日八月二十生。」

袁東家知道他有神通，就問他：「八月二十生便如何？孩子命運如何？」

靈卦張道：「你家築寨的先人是個風水高手，袁寨本是個團龍捧珠的大局，你這孩子本該是眞龍下天堂。」

袁東家聽他說本該二字，覺出話裡有話，忙問他：「現在爲何又不是了呢？」靈卦張嘆了一口氣說：「花園中的那一松一柏活過了百年，成了精怪，吸淨局中龍氣，壞了你先人大計。」

袁東家聽他說說頭頭是道，就問他：「那舅舅可有破解的辦法？」靈卦張道：「只有砍了那兩棵妖樹，讓它們還了龍氣，小少爺才能聚集龍氣以眞龍之身降世。」

他這邊話音剛落，袁東家就急忙招呼下人，去後院砍樹。數百年的老樹，三人合抱粗細，光砍鋸就花了半天功夫。兩棵樹砍完之後，天降大雨，風吟雨嘯一如龍泣。

此事過後幾天，靈卦張就央人套車送自己去濟南，袁東家百般挽留，靈卦張只說：「你家百年富貴大局已定，無需我再多指手畫腳了，我再留在此間無益。」袁東家無奈，只好派兩個家奴，護送他到濟南去了。

又過了幾日，八月二十，袁劉氏生下一子，這孩子果眞與眾不同，剛出生就不哭不鬧，聰穎異常，根本不似個嬰兒。直到他過了滿月可以見風了，奶媽抱著他散步，走到後花園，他看到兩個碩大的樹墩子在地上杵著，雙手捂著頭頂嚎啕大哭，幾日未止。

大家一定很好奇這個孩子到底是誰。我來給你們理一理，袁家輩分排字是「志三耀九，保世克家。啓文紹武，衛偉國華」，袁老太爺是「九」字輩，袁東家是「保」字輩，這個孩子當「世」字輩。前文說過官軍凱旋之日，袁老將軍給這孩子賜名「凱」。

這正是：

真龍天子袁宮保，御極百日大廈倒。
百年大局成一夢，開封盲叟斬龍角。

買竹籌

楔子

孟子曰：「食色，性也。」

這世上的人凡出了生就曉得要找娘吃奶，這占一個「食」字。長大成人懂了事也就曉得要娶妻嫖妓，占後一個「色」字。

民國時，上海雲集了很多大學，有學校就有學生。單身的男學生十八、九歲，正是剛懂了事，一身邪火沒處發洩的時候。那時候的女學生又都保守得很，婚前絕不越雷池一步的，不似現在交了男女朋友就能帶去開房。有些膽子大的動了歪主意想去妓院娼寮呷妓，又怕被父母老師、同學朋友撞到。

彼時的上海灘就有這樣一種好處，只要你有錢、想花錢，就一定有讓你心滿意足的花錢花樣。除了明妓暗娼，上海灘專有一種場所供這幫不敢逛妓院的學生去的場子——電影院。

不懂門路的人乍一看，這種電影院跟正經的電影院沒什麼區別，也是貼海報、掛水牌。花樣與不同只有你進去了才能知道。

正經的電影院平日裡都是等五、六點鐘工人白領下了工、學生下了學才開始營業，週末才開全天場，而這種小電影院一週七天都是從早到晚全天營業。

在外面的大影院看電影是先花錢買票後進場，這種小電影院則不同，是先進場落座再讓你花錢。有帶著妻子、女朋友的，影院的小夥計就直接把你領到前排，每場開始前會有人拖著托盤，托盤裡面都是小竹籌子，一個人看一場電影就要花一塊錢買一個竹籌子。一場放完後，托盤的人又會來，你要接著看下一場就要繼續買一個籌子。

若是一個單身男人來，就會有小姑娘來給你領場，那小姑娘會問你「用不用陪著看」，你若答「不用」，還是把你領到前排去，一場一個竹籌子。你若說「好」，她就把你領到沒人的邊邊角角不見光的地方陪你坐下。

坐下後也是從口袋裡掏出籌子讓你買，不過這籌子和前排托盤裡的籌子價格不同，領場小姐口袋裡的籌子是一百塊。買完籌子，那領場的女孩兒除了不能寬衣解帶跟你做那事，旁的任你撫摸玩弄，電影終場前別管她用嘴、用手總能讓你滿意而歸。

因爲前排從托盤裡買的籌子是涼的，但陪坐小姐懷裡掏出來的籌子是熱的，所以常客們給這項娛樂活動取了個有趣的黑話名字叫「買熱籌子」。

英文小說

公示獲得建築系唯一一個公派美國名額的是汪佩元。汪佩元的確也是個不折不扣的學霸，每天早上一早就去教室上自習，最後一個離開圖書館。但能夠被選中去美國，主要還是要歸功於他有個在教育部當司長的舅舅，單論考試成績的話，和汪佩元同寢室的馬三民才是正牌的年級第一。

被選中了公派美國，汪佩元便不怎麼去教室上課了，整天埋頭在寢室裡背英語。他不分白天黑夜地出聲讀，自己不嫌累，寢室裡的人卻嫌他煩。一天同寢的花花公子陳啓文塞給他一本精裝的英文書，笑吟吟地說：「佩文，別老一個勁兒地背單詞了，給你一本英文小說，你練練閱讀。」汪佩元扶了扶眼鏡謝過了。

陳啓文給他的是一本美國的色情小說。封皮兒上印的倒是《Gone with the

wind》[1]，裡面講的卻是郝思嘉倒掛葡萄架[2]。汪佩元一手拿著小說，一手拿著辭典，連夜看完一遍，看得血脈賁張。他晚上不出聲讀書，寢室其他三個人睡得香了，他自己卻在床上輾轉反側睡不著了。

第二天，陳啓文幾個狐朋狗友來寢室裡談天，其他兩個室友都走了，只有昨夜輾轉反側睡不著的汪佩元在床上蒙著被子。陳啓文只當他在睡懶覺，也不去理他。

以前陳啓文和他的公子哥兒朋友們到寢室裡講風月的事，他都嫌聒噪，一般都是抱著課本逃去圖書館的。這天他們在寢室大談電影院裡陪坐的勾當，汪佩元仍坐在床上裝作看書，實則立起耳朵在聽。陳啓文幾個講：「看電影買熱籌子比去妓院局子好得多，一來不怕熟人朋友碰上，問起來就說是看電影去了。二來那些電影院裡賣熱籌子的都是十七、八歲的小姑娘，比妓院裡那些老窯姐嫩得多。」他那幾個朋友紛紛贊同，後來幾個人越說越不上道，口無遮攔地說什麼「小美手法好」、「麗麗胸脯軟」，聽得一旁偷聽的汪佩元面紅耳赤，渾身僵硬。

1、《Gone with the wind》：中文譯名《飄》，即電影《亂世佳人》原著。

2、倒掛葡萄架為《金瓶梅》中的知名場景，郝思嘉為《亂世佳人》的女主角。

陳啓文幾個談到午飯時候就去外面覓食了，留下被子下面一動不動的汪佩元心裡想：「世上還有這樣奧妙所在，又能一親少女芳澤，還不會被熟人撞破。有趣，有趣。」他也不好意思問他們是哪裡的哪家電影院，只聽了個隻言片語，說是事前要買竹籌子。

他穿好衣服跑到圖書館，翻遍了英文百科、清人筆記，也沒找到「電影陪坐」四個字。失望的他離開圖書館，走到理科教學樓前看到了「躬行樓」三個大字，想起了宋詩「紙上得來終覺淺，絕知此事要躬行[3]」兩句。

摸摸口袋裡還有下半個月的生活費，所謂「錢是人的膽」。有了錢壯膽，又有了前人調撥，於是雄赳赳氣昂昂地走出校園，想自己一探究竟。

3、出自陸游〈冬夜讀書示子聿〉，意思是僅從書本上學到知識始終是淺薄的，一定要親身踐行。

找書

汪佩元從徽州老家來了上海快四年，別說這種姑娘陪坐的小影院，就是正兒八經放電影的大影院也沒去過幾次。

出了學校東瞅瞅西望望，也不知道去電影院的路該往哪走，一個黃包車夫看他呆頭呆腦的，連忙跑上來問：「同學，您哪裡去？」汪佩元支支吾吾說：「看電影。」車夫招呼：「您上車吧，五毛錢，我帶您去。」

車夫把汪佩元哄上車，拉著他進法租界裡陰涼平整的小路上繞了兩趟，又把他拉回學校附近的一家大電影院。快到時，原本面不紅氣不喘的車夫，突然開始氣喘吁吁，拿脖子上的汗巾在擦汗，把車停到電影院門口，「同學，到了。」

汪佩元本就有些「做賊心虛」，低著頭給了車夫一塊錢讓他找。車夫拿了他的一塊錢放到兜裡，看他面紅耳赤，像有什麼急事似的，故意在懷裡袖裡摸來找去尋摸了半天，也沒找出來零錢來。車夫抬頭憨笑：「同學，今天拉您是第一份活，身上一點兒零錢都沒有，您等我去前面菸店買包菸，把鈔票破開再……」汪佩元沒等他說完，不耐煩地擺擺手說：「算了，算了。」起身就往電影院裡走，車夫還假惺惺地在後面說：「我給您記帳上，下次您坐我的車，我給您打折。」

車夫轉身時鬆開了勒緊的衣帶，口袋裡的零錢包叮噹亂響。

汪佩元低著頭、捧著書，一頭扎進了電影院。車夫帶他來的是正經的大影院，白天不放電影，晚上才有場。汪佩元躡手躡腳地上前問一個小夥計：「我要看電影。」一個小夥計沒搭理他，抬了抬頭，用下巴給他指了售票處。汪佩元走到售票處說：「我要看電影。」裡面先生說：「一塊。」汪佩元遞給他一塊錢，裡面的小老頭撕給他一張票說：「《神女》，五點進場。」汪佩元抬頭看看鐘，才下午兩點。

影院的夥計在裡面拖地、算帳、碼水牌子，沒一個人理他，汪佩元自覺沒趣，躲在大廳的一角不礙事的地方，默默地捧著自己的那本成人版《Gone with the wind》看，看著看著就在電影院的長椅上打起了瞌睡。

到了四點多，零零散散的觀眾進了影院，吵醒了汪佩元。汪佩元擦了擦口水，找出票來往裡影廳裡進。領場的小夥計看他在電影院長椅上待了一下午，都覺得他是怪人，故意不給他引坐。汪佩元灰溜溜自己進了影廳，坐在了一個靠後的角落裡。一坐下，汪佩元就臉紅心跳地等著陪坐女，可他左等右等，等到電影都開場了也沒等來陳啓文說的「手法好」、「胸脯軟」的陪坐女。

等了半天沒有等到，汪佩元就起身從太平門遛出了放映廳。剛出門沒多久，汪佩元發現陳啓文借自己的那本《Gone with the wind》忘在了放映廳的座位上。再推開太平門看，影廳裡面一片漆黑，根本找不到自己來時的位置了，更不要提書了。

汪佩元無奈，只好躲在太平門門口，準備等電影散場再回去找書。正在汪佩元坐立不安、百無聊賴之時，他耳邊響起了一個清脆甜美的聲音：

「喂，電影還沒散場，你乾愣在這幹嘛？」

愛玉

汪佩元回頭一看，身後不知什麼時候來了一個女孩兒。一頭披肩的波浪卷髮微微泛黃，短袖的小旗袍露出兩條雪白的藕臂，俏皮地歪著頭看著他。汪佩元突然被可愛女孩兒搭訕，有些不知所措，語無倫次地說些：「我借來的書忘在裡面，黑漆漆的找不到，還得還人家。」

還沒等他說完，女孩兒把又細又長的手指放在自己的櫻桃小口上，比了一個「噓」的手勢打斷汪佩元。女孩兒問他：「東西丟在裡面了是吧？」汪佩元紅著臉點頭。女孩兒看他呆呆的樣子，笑著對他說：「那我陪你進去看完電影，等電影散場開燈了咱再找書。」還沒等汪佩元點頭，她就大方地拉住汪佩元的手，從太平門回到了影廳。

和女孩兒的第一次牽手就這麼毫無徵兆地突然降臨了，汪佩元的心怦怦直跳，臉漲得通紅。女孩兒拉他在邊角無人注意處落了座，輕輕地把頭枕在他的肩上。汪佩元緊張地挺直了胸膛，一動不動，連鼻息都幾乎屏住了。過了一陣，女孩兒見他僵硬不動，湊到他耳邊問：「傻子，這樣呆著不累嗎？」對著他耳朵輕輕吹了一口氣，

這一下，緊張無比的汪佩元身子一下酥了半邊，原本屏住呼吸的口鼻，也開始貪婪地呼吸空氣。他聞到了那空氣裡，全是她好聞的香氣。那鮮花般淡淡的芬芳，又酥了他另半邊身子，汪佩元徹底酥軟在了影廳的卡座上。黑暗的影廳中，他看不清懷裡的佳人，只覺得懷裡有一團柔軟，初時有些涼絲絲的，慢慢地又溫熱了起來，再後來，只能感受到身下一股芬芳的暖流。

這正是：

玉體偎人酥軟透，羅裳未解啓櫻口。
雨散雲收眉兒皺，鴛鴦十指環相扣。

女孩兒還依偎在懷裡。汪佩元想說些什麼，卻怎麼也說不出口，只是緊緊抓著她的手。他小聲地問道：「你叫什麼？」女孩兒湊到他耳邊說：「我叫愛

玉。」影廳裡的燈亮了，汪佩元還呆呆坐著，愛玉輕輕地推開他，乖巧地去一旁的座位上拿回了他忘在角落裡的那本藍皮書。

愛玉把書放到他手上，又坐回他的身邊，小聲問他：「呆子，走啦，還坐著幹嘛？」汪佩元憋了半天才羞澀地對她說：「你還沒給我籌子呢。」

愛玉有點矇，反問他：「啥？什麼籌子？」汪佩元低著頭，害羞地小聲嘟囔：「啓文他們說了，電影院陪坐，會賣竹籌子，熱籌子。」愛玉眼睛溜溜一轉忙說道：「對，對，我忘了。」她俏皮可愛地吐了吐小舌頭，就在身上上下摸索。她「嘶」了一聲，從身上摸出了一枚小籌子遞給他。汪佩元接過籌子也沒好意思問多少錢，掏出一百塊給女孩兒，轉身就走。

女孩兒追到門外，一把拉住他，對他說：「下次來時，還去太平門外的走廊裡找我。記住，下次帶一個小銀元來，我不喜歡鈔票。」汪佩元怕別人看到他和女孩兒，慌忙點點頭，飛也似的跑了出去。

回了寢室，汪佩元把那本英文黃書還給了陳啓文，躺在床上滿面紅光地回味著什麼，他把自己的外套脫下來聞來聞去，還嘿嘿地傻笑。

陳啓文和馬三民他們雖然覺得他有點反常，但他這個書呆子一向會做些異怪的事，而且也沒出聲讀書擾民，也就沒去搭理他。

第二天，汪佩元把自己的「新生活」存錢罐裡的錢都倒出來換了小銀元，再把竹籌子放進存錢罐。一來二去，換出來的小銀元越來越少，存錢罐裡的籌子越來越多。

汪佩元幾乎天天去電影院報到，與愛玉之間也是如膠似漆、水乳交融，生出了一些情愫，已經欲罷不能。愛玉告訴他，自己是替家裡還債才出來做陪坐的，再兩年就能還清欠款了。兩人親熱情動時，甚至有等愛玉兩年後還清了欠款，要出去做長久夫妻之類的約定。

到了臨出國的前幾天，汪佩元花光父母給的生活費、學校發的獎學金，翻箱倒櫃找到的幾個零錢只夠買入場的電影票，再也拿不出愛玉要的一個小銀元。

他捧著存錢罐在床上翻過來、覆過去，心裡像螞蟻咬似的煎熬難受。最後他還是忍不住，把抽屜裡的零錢散紙、水票[1]飯票所有值錢不值錢的票據都一古腦裝在兜裡，要去電影院。因爲拿不出小銀元，他準備拿剩下的全部錢，買一張電影票，只爲進去見愛玉一眼，和她告別一下。

買票進了電影院，他就直奔放映廳太平門外的小走廊找愛玉。愛玉像往常一樣在小走廊等著他。

汪佩元開口說：「我今天來，不是來找你陪我的，過了這週，我就要去……」汪佩元剛開口還沒說完，愛玉把又細又長的手指放在自己的櫻桃小口上，比了一個「噓」的手勢打斷汪佩元，一切都像初遇的那天一樣。

愛玉俏皮地吐了吐舌頭，不容汪佩元分說，就把他拉進了放映廳。與往常

1、水票：中國食堂用的票據，用來兑換開水。

一樣，愛玉服侍得好幾天沒來的汪佩元舒服通透。溫存過後，愛玉又伸手從身上不知什麼地方摸出一枚帶著體溫的竹籌子遞給汪佩元，並問他：「你剛才說你過了這週要去哪來著？」汪佩元接過籌子答道：「美國。」

愛玉疑惑地吐了吐舌頭：「美國在哪兒？很遠嗎？」汪佩元不知道怎麼向她解釋美國的位置，爲難地答道：「很遠，在海的那邊。」愛玉歪著頭追問：「海？崇明？比舟山還遠？」汪佩元被愛玉問得哭笑不得，只好敷衍她說：「比舟山遠得多，坐船要個把月才能到。」愛玉似懂非懂地接著問：「那你啥晨光[2]回上海？」汪佩元老實地對答：「短則三、四年，長則……就不知道了。」

愛玉一聽不願意了，一把推開汪佩元，惱道：「不是說好了兩年後我還清了借款你要帶我走的，你怎麼說話不算話？」汪佩元自覺理虧：「這是國家選派的，不是我自己能決定的。」愛玉捶打他的胸口說：「我不管，我不管，我不許你走。」

這時，電影剛好演完，放映廳裡亮起了燈。汪佩元看到身邊的杏眼環睜的

2、晨光：曙光、陽光。

愛玉氣得直咂舌。愛玉知道留不住他了，惱羞成怒地說：「籌子給你了，一個小銀元，給我。」

這下汪佩元爲難了，他解釋道：「我今天沒帶小銀元，剛才剛準備解釋，就被你……」阿玉叉腰怒道：「沒帶錢你找什麼陪坐？」汪佩元看她聲音越來越大，怕旁人聽到，忙拉拉她的手說：「你別激動，我拿東西押給你。」說著把自己口袋裡水票、飯票等所有票據都拿出來。愛玉只瞄了一眼，手都沒動一下，不屑地說：「誰要你的這些破爛？」

汪佩元無奈，把錢包拿出來翻給她看：「你看，我今天是眞的沒有。你容我一天，我明天再湊了錢來還給你。」愛玉往他錢包裡一看，看到一張印刷精緻畫著輪船的藍色票據，一把搶過來放在懷裡說：「就拿這個押吧。」汪佩元忙說：「那個不行，那是我去美國的船票，最要緊的。」愛玉鼻子哼了一聲：「要緊怎麼了？不要緊還押什麼？難不成你明天不準備來還？」說完轉身離開，汪佩元無奈，呆坐了一會兒才悻悻地離開影廳。

借錢

回到寢室洗漱上床，汪佩元一想到船票被押在愛玉那裡就坐立不安、心煩意亂，想要翻身下床弄杯水喝。剛好陳啓文從外面喝酒回來，兩個人在門口撞了個滿懷。

汪佩元連聲道歉說「對不起」，陳啓文當晚幾杯酒喝得剛剛好，心情正是痛快，也就沒跟他計較，反倒抱著他開始說酒話：「咱們都是上下鋪一起睡覺的好兄弟，說啥對不起？兄弟你以後在外面遇到啥事都跟我說，上海灘，你文哥說了算數。」

汪佩元把陳啓文攙到床上，陳啓文仍抓著他的手不放，說些「你有什麼事，哥都能幫你擺平」什麼的片兒湯話。汪佩元趁著他酒醉問：「那你能借我點錢嗎？」陳啓文一聽，激動地推開汪佩元，從懷裡拿出自己的牛皮夾子，把幾張百元大鈔掏給他：「拿著。」

汪佩元拿著錢激動無比，連聲道謝，再轉身去看，陳啓文已經沾著床昏睡了過去。他給陳啓文蓋好被子，才回到自己鋪上，摟著陳啓文的三百塊錢睡了安穩覺。

第二天一早天剛亮，汪佩元就趕緊揣著陳啓文的百元大鈔到外面的錢莊裡換小銀元。換出來小銀元，哪裡都沒去，直奔電影院等他們晚上開業。電影院一開門，汪佩元第一個檢票進場，衝到太平門外面的門廊上找愛玉。可愛玉並不在，他焦急地來回踱步，撓頭抓腮，左等右等，可愛玉就是不出來。

最後一場電影散了場，也沒等見愛玉蹤影。影院的小夥計進來打擾衛生時，趕走了還在走廊上躊躇的汪佩元。

沒見到愛玉，也沒討回船票，汪佩元垂頭喪氣地回了學校。他還沒進寢室，就被怒氣衝衝的陳啓文一把抓住脖領子：「你把誆我的錢拿哪去了？我還以爲寢室遭了賊，挨個寢室地找，差點就去報警了！」汪佩元連忙從口袋裡掏出剩的幾張鈔票和換的小銀元交給陳啓文告饒：「文哥，這錢不是我誆的，是你昨天晚上主動給我的啊。」

陳啓文放開汪佩元的衣領，一把把錢搶過來質問汪佩元：「你換那麼多小銀元幹嗎？」汪佩元支支吾吾不作答，陳啓文抱怨了幾句就拿著錢往寢室走，汪佩元怯怯地跟在後面。

寢室熄了燈，陳啓文把錢收好就躺回床上，汪佩元也翻身上了上鋪。上了床後汪佩元翻過來，覆過去，弄得床鋪嘎吱嘎吱直響，吵得下鋪的陳啓文不耐煩、踢了床板一腳，這才停了動靜。沒過一會兒，陳啓文剛有點睡意，上鋪汪佩元又開始不停地唉聲嘆氣又把他吵醒，陳啓文一把把他從上鋪拽下來要收拾他，剛準備說什麼就聽見別的室友翻了個身。他怕吵著其他室友，把汪佩元拉到走廊上問他：「你小子怎麼了？一會兒借錢，一會兒又嘆氣的，是不是扎嗎啡針了？」

汪佩元搖搖頭道：「一言難盡，說了你也幫不了我。」又一聲嘆息，才把自己去電影院買熱籌子遇到愛玉、自己給她換銀元這些一五一十地講給陳啓文聽。陳啓文一聽平時呆頭呆腦的汪佩元居然還會去電影院找陪坐的女孩兒洩火，噗哧一聲樂了出來。「沒想到你汪佩元這濃眉大眼的傢伙也去做那種勾當。」汪佩元被他說得漲紅了臉：「你要問我，我說了你不幫忙也就罷了，還來取笑我。」

陳啓文看他惱了，便好言問他：「要我幫什麼忙？你說說，能幫我就幫。」汪佩元抬頭，認眞地看著陳啓文說：「借我一千塊錢。」

陳啓文聽了吃一驚：「你要這麼多錢幹嘛？是不是爲了買籌子借了高利貸？」汪佩元直搖頭，陳啓文追問他：「你別怕，借的誰家？我有在青幫的朋友，或許能想辦法幫你擺平。」汪佩元擺手否認，吞吞吐吐地把自己有一天沒帶錢把船票押給愛玉，現在又找不到她贖回船票，只好借錢重新買票的事告訴陳啓文。

陳啓文聽了嘿嘿一笑：「這叫什麼事，還用得著重新買票？這上海灘的哪家娼寮咱們說不上話？」

點了支菸，陳啓文繼續說：「如果是青幫的場子，青幫裡面我有的是好朋友，要是洪門的場子就更好辦了，我老子早年鬧革命的時候入過洪門，是洪門裡的大輩分，都不用出人情，打個招呼就能給你把票弄回來，還管教那個娼婦吃一頓好打。」

一聽要打愛玉，汪佩元急忙擺手道：「打不得，打不得，要是沒輕沒重地把愛玉打壞了。」陳啓文看他還護著騙了他船票的陪坐女，被逗得合不攏嘴：「你小子還眞是情種。那這樣吧，明天我約上幾個朋友，你帶我們去電影院，當著你的面讓那個小娼婦把票交出來。」汪佩元聽了連聲道謝。

事發

第二天一早，陳啓文電話約了兩個青幫癟三，跟著汪佩元去了電影院。到了電影院門口，陳啓文望著汪佩元驚奇地說：「這家大影院也有熱籌子賣？我都沒聽過，你小子玩兒得挺隔路啊。」羞得汪佩元滿面通紅。

兩個青幫癟三面面相覷，滿臉疑竇地對陳啓文說：「小文哥，這是租界工部局官資的大電影院，白天不開門的，也沒有陪坐的呀。」轉過身又問汪佩元，「同學，你是不是記錯了地方。」汪佩元說：「不可能，我幾乎天天來，不可能走錯。」

陳啓文見狀反問：「會不會是他們影院的夥計自己弄的搞外快的副業，沒有向你們報備？」年紀大些的癟三答道：「小文哥有所不知，他們要弄別的生意倒是瞞得過我們，可是全上海的小妞都是我們管的啊。他們要搞陪坐就要請小姐，請了小姐我們就不可能不知道。」

再去問汪佩元，他斬釘截鐵地認定就是這裡。陳啓文幾個也陪著他進了電影院。癟三問電影院窗口的夥計：「朋友，聽人說你們這裡有人賣熱籌子？」夥計愛答不理地拿起一打電影票抖了抖說：「朋友，我們這裡賣票的，不賣籌子。」

年輕的癟三看他愛答不理的樣子，激動地反問道：「外面雖然賣票，誰知道你們裡面賣不賣籌子？」夥計抬頭瞄了小癟三一眼，瞄到了癟三身後的汪佩元，冷笑一聲道：「朋友，我們這裡賣啥不賣啥，你問那個小學生，他比我來這裡還勤。」癟三幾人再看汪佩元，他已經脹紅了臉羞得說不出話，場面一度陷入尷尬。

眼見從電影院問不出結果，陳啓文不好意思地送走了兩個癟三，準備晚上再來電影院，逮愛玉的現行。離影院晚上開場還有好幾個小時，陳啓文兩個就溜溜達達吃個午飯，準備先回去睡個午覺。

兩人到寢室還沒坐穩，只見訓導主任邁著方步走了進來。陳啓文以爲是查寢，趕緊把自己床上的黃書春畫塞到被單底下。哪知道訓導主任根本就不往他下鋪看，逕直走到上鋪汪佩元面前說：「你下來。」

一向膽小謹慎的汪佩元從來沒有違反過校規，連寢室的門禁都沒違反過，第一次被訓導主任找上門有點不知所措。軍人出身的訓導主任拎小雞似的把他從上鋪拎了下來，厲聲問道：「聽說你經常去電影院找陪坐？」

透明鱗片

汪佩元被兇神惡煞的訓導主任猛地一問，矇得不知道該如何做答，脹得滿臉通紅。陳啓文連忙接話：「老師，這書呆子每天都在寢室裡讀英語，我們都能做證的。」訓導主任冷哼了一聲：「你這整天花天酒地的少爺秧子做的證，也不足信。」

「老師你這話……」「你閉嘴。」陳啓文還要貧嘴，訓導老師粗暴地打斷他，又對著滿臉通紅說不出話來的汪佩元問：「聽說你天天去電影院找陪坐，把去美國的船票都押給陪坐女了？」縱是老實巴交的汪佩元也知道這是有知情人去訓導處把自己告了，再不矢口否認敷衍過去，訓導處報到學校，學校再報到教育部裡，留學資格被取消不說，說不定還要挨處分，但儘管如此他還是張不開嘴說瞎話，低下頭不敢看訓導主任，拼命搖頭擺手。陳啓文看他實在可憐，冒著被訓導主任訓斥的危險幫他辯解：「老師，這書呆子看到女孩兒都不敢說話的，哪裡敢去找陪坐？前幾天寢室遭了賊，他的船票和錢都被順去了，我也丟了幾百塊錢，左右寢室的人都知道的。」正好這時左右寢室的人都圍過來看熱鬧，紛紛做證表示前幾天陳啓文確實丟了錢，還挨個寢室地找過一次。訓導主任冷眼看看他們：「你們都在這裡串供也沒用。」他走了兩步一把拿起汪佩元書桌上的存錢罐，一搖劃愣劃愣響，「這裡都是什麼？」

汪佩元看訓導主任拿起了存錢罐，臉上由紅變白，癱坐在下鋪上，陳啓文也心說不好：「汪佩元每次回寢室都抱著存錢罐，裡面怕是裝著竹籌子。」嘴上罵著汪佩元，「你這呆子，怎麼把我的存錢罐拿去了。」上前就到訓導主任手裡搶，如果訓導主任從存錢罐裡拿出兩個竹籌子，汪佩元的前程就徹底毀了。

陳啓文上前奪，訓導主任哪裡肯放手？兩個人一爭一搶，存錢罐「啪擦」一聲掉在了地上摔得粉碎，汪佩元嚇暈了過去。眾人都伸頭去看，存錢罐的瓷片裡哪裡有什麼竹籌子？竟然都是指甲大小的透明鱗片！

晚宴

汪佩元站在他舅舅的辦公桌前被罵得狗血噴頭，他舅舅氣得拿卷宗直摔桌子，汪佩元低頭大氣都不敢喘一口。這場景，跟九年前汪佩元「把船票弄丟」來找舅舅借錢買船票的那次幾乎一模一樣，只是如今上海接收專員的辦公桌比當年教育部窮司長的辦公室大多了。

「當初我讓你去美國學美國最新的建築，以後回來好派上用場。如今我做了專員，專管上海的接收重建，讓你做個負責人不是剛剛好？你自己學什麼鬼東西？中國日本古建築？你要幹嘛？」他舅舅問一句摔一次卷宗，指著汪佩元罵，「我們花了那麼多錢、費了那麼大力把你送去美國，你就去學木匠？那你還去什麼美國，我把你送回老家跟木匠去學好了。」

汪佩元怯生生地說：「舅舅做過教育部的司長，安排我去大學做教授好了。」他舅舅把手裡的卷宗摔在一旁說：「教授是那麼好做的？現在仗打完了，像你這樣滯留在歐美的留學生都要回來，哪個不想進大學做教授？你想想戰前的世道能出洋留學的，哪個家裡不是顯赫的？我現在也不在教育部了，哪裡還安排得動。」

看著垂頭喪氣的外甥，他舅舅緩聲說：「別哭喪個臉了，我現在升了官還能安排不了你？今晚上海商會的慶祝光復晚宴，我給你引薦現在上海最吃香的中建公司的馬經理，你到他那裡去掛名。」汪佩元唯唯諾諾，他舅舅翻了翻眼睛又說：「今晚還有一個你的大學同學，陳司令的侄子，叫什麼來著，跟你住上下鋪的。」汪佩元接道：「陳啓文。」

老同學

光復晚宴在金碧輝煌的酒店大廳舉行，舞臺上唱歌的是淪陷區最紅的歌星，喝的是汪僞高官留下的酒，連商界名流都有一小半是汪僞時期的老面孔，只有牆上汪僞的黃邊旗換成了青天白日旗。

汪佩元見了一身戎裝的陳啓文，激動得不知道是握手好還是擁抱好，緊緊地抓著他的肩膀，他倆可是眞正的患難兄弟，當初還是陳啓文在寢室裡給他圓場，機靈地稱他是課餘時間在研究生物，才收集了那麼多鱗片，花言巧語編了一大堆才敷衍過了校方。陳啓文認出他來，一把抱住快十年未見的老同學險些哭出聲來：「兄弟，眞沒想到還能活著見著你。」

兩個人緊緊抓著手唏噓著這十年變遷，從陳啓文的戎馬生涯一直聊到當年同學們的近況。說起當年的同學，陳啓文突然咬牙切齒地說馬三民，日本人打進來以後，馬三民投了汪，從工地上開始做，一路做到了負責上海重建的僞東建公司總工，光復前期他從重慶得了消息，連夜帶著僞東建給日本人承建的各處工程的圖紙和工程款項投了重慶，拿圖紙立了功，又拿工程款打通了國民政府裡的高官。日本投降了以後，陳啓文這個戎馬倥傯、出生入死的軍官才是一個少校參謀，做了漢奸的馬三民卻還官升一級又做了負責上海市建的中建公司經理。

當年向訓導主任舉報的最大嫌疑人就是被汪佩元搶去留美名額的馬三民，汪佩元和陳啓文走廊上的對話只有睡在窗邊上的馬三民能聽到，汪佩元往儲蓄罐裡放竹籌子也只有同寢住宿的人能夠知道得清楚。說起馬三民如今得勢，汪佩元也是直搖頭。兩個又講到當年的事，至今不知道是誰拿鱗片換了籌子，正在這時，汪佩元的舅舅過來招呼他：「陳參謀、佩元，我帶你們引薦中建的馬經理。」陳啓文和汪佩元兩個對視了一眼，冤家路窄，他們又要見到馬三民了。

這十年，在美國校園裡度過的汪佩元除了眼鏡片厚了一些幾乎沒變樣，戎馬倥傯的陳啓文比沉迷酒色的學生時代還要精神健碩一些，只有馬三民，當年健美的體態已經變得臃腫，整日堆笑的眼角已經生出了皺紋，梳得油亮的背頭裡還夾著一些白髮。

汪佩元舅舅引薦時幾個人都一言不發，只有馬三民客氣地應酬著，汪佩元舅舅看汪佩元不出聲，對馬三民抱歉地說：「這孩子這些年一直專心讀書，不會說話，馬經理以後多教教他。」馬三民陪笑著說：「您太客氣了，我和佩元是老同學，他是最老實本分的。」汪佩元舅舅一聽高興地說：「你們是老同學呀，那太好了，以後一定要相互提攜、相互幫助啊。」馬三民點頭稱是。剛好有個富商給汪佩元舅舅敬酒，汪舅舅拍拍馬三民說：「你們交大的老同學聊，我這個大學沒畢業的老粗就不跟著摻和了。」說著就轉身走了，尷尬地留下了陳、馬、汪三個老同學。

陳啓文拉著汪佩元要走，馬三民輕聲說：「啓文、佩元，你們聽我說兩句。」陳啓文酸他說：「哦？馬經理有什麼要指教我們的？」馬三民從口袋中掏出錢包拿出了一張泛黃的紙片，遞給汪佩元，「佩元，你看看這是什麼？」汪佩元接過紙片吃驚無比，竟是自己當年押給愛玉的船票。

陳啓文激動地問道：「怎麼會在你這裡？」一直一言不發的汪佩元則抓住馬三民問：「你見過愛玉？她在哪兒？」馬三民安撫著激動的兩人說：「這裡人多，去外面說吧。」

白蛇

小酒館裡，馬三民對兩個多年沒見的室友緩緩道來。

淞滬會戰之後，上海城區一度被兩軍炮火炸成了廢墟，汪僞政府成立之後，爲了政績就開始著手重建上海。但建築界的大拿[1]們都去了重慶，因爲馬三民在國民政府系統內不得志，汪精衛方面許給他做新成立的東建公司的總工，他就立馬上鉤去了上海。

馬三民意氣風發地進入淪陷區，準備曲線救國做「汪先生的史佩爾[2]」。誰知他剛到了上海，不少重慶那邊的專家陸續投了汪，東建公司的經理、總工都輪不到他了，汪僞的負責人就把他塞到一線的廢墟工地上做監工。

1、大拿：稱在某一地區、單位或某一方面最有權威的人。
2、史佩爾是德國建築師，後在納粹德國時期成為裝備部長以及帝國經濟領導人。

馬三民堂堂交通大學建築系的高材生，居然被發配到工地上做工頭。關鍵他這個工頭也就是個掛名工頭，工人師傅們在現場滿嘴的建築工行話切口他在課堂上壓根兒也沒聽過，更別提管理指揮他們了。但是他現在被困在淪陷區騎虎難下，披著漢奸的黑點，除了任人宰割再無他路。

一日，馬三民的工隊要清理公共租界一家被炸塌了的電影院。這電影院是一個比利時工程師設計的，從圖紙上看，這電影院設計得很巧妙，地基有一半打在一個小丘陵上，那個小丘陵原封不動地被壓在電影院底下。馬三民拿著圖紙看，工人們按部就班地幹著活，彷彿他們不是一個團隊似的。百無聊賴的馬三民在工地附近閒逛，正蹲在路牙石上一根接一根地吸著悶菸。正在這時，身邊不知什麼時候響起了一個甜甜的聲音：「小哥哥，跑到這磚頭瓦礫的地方來幹嘛呀？」轉身看時，是一個女孩兒，短袖的米色小旗袍露出兩條雪白的藕臂，一頭披肩的波浪卷髮微微泛黃，她俏皮地歪著頭看著他。遇到搭訕的小美女，最會鑽營奉承、巧言令色的馬三民幾句話就把她哄得花枝亂顫滿心歡喜，一來二去兩個人就成了熟人。在工地上百無聊賴的馬三民每天就跟這個女孩兒混在一起。

這個小美女什麼都好，就是有兩個奇怪的地方，頭一個，經常馬三民去買包菸再回來時她就消失不見了；一二個，這女孩有時還會問些莫名其妙的問題，比如「你看我像不像人」之類，每逢她問時，一向最會說話的馬三民就誇她說「我看你美得像天仙」，把那女孩兒哄得咯咯笑。不過有美女每天陪伴，馬三民也沒在意這些。

月中發薪那天，工隊都會聚餐。說是聚餐，不過也就是買些鹹魚糟蝦、米花油渣，再打些散酒來喝。爲了努力跟工人師傅打成一片，馬三民也都會積極參加。酒桌上，工人們說的那些柴米油鹽的市井瑣事，他這個大學生哪裡聽得下去？他只在一旁喝悶酒，心裡想著白天的女孩，假裝聽他們說話。一個工人師傅在一旁講起了鄉間的故事倒引起了馬三民的興趣，他素來知道這個師傅是最會講故事的。

那工人像說書先生一樣拖著長腔道：「我還在老家時，一次在田間幹活，碰到了一個漂亮的小青年。那青年給我們端茶送水、送菜送飯也不說圖什麼，就這麼堅持了很多天，跟我們關係處得都不錯。突然有一天聊天時，小青年突然問了一句『你們看我像不像人』，我和幾個年輕夥計剛要接話，一個年齡大的老輩兒人站起來厲聲一句『我看你像個畜生』，那小青年竟化成了一隻黃鼠狼！」

其他幾個工人好奇地問道：「那活人怎麼能變成黃鼠狼呢？」講故事的老工人答道：「那個老輩人說，那不是人，本就是修眞的妖精，他渡了劫後要找人『討封』，問人自己『像不像人』。你若說他像人，他就會成了仙；你若厲聲說『我看你像個畜生』，那修眞的妖精就會變回原形逃回洞穴重新渡劫。」工人們聽了都嘖嘖稱奇。

第二天到了工地，他又碰到了那個漂亮的女孩兒。馬三民想起了昨晚工人師傅講的故事，就想試她一試。果然聊著聊著，那女孩兒又問起：「你看我像不像人？」馬三民厲聲道：「我看你像個畜生！」馬三民話音剛落，那女孩兒化作了一條白蛇，「嗖」的一聲鑽入工地廢墟裡的一個地洞，嚇了馬三民一跳。

馬三民找了幾個工人挖開地洞。地洞挖開，領頭的工人眼疾手快一鋤頭砸死了裡面的一條米色大蛇，沒一會兒，那大蛇便化爲了灰燼。工人們逐漸圍了過來伸頭去看，只見那裡面除了大蛇的灰燼，還有一張去美國的船票、一張法幣鈔票，還有一堆小銀元。

賣鬼記

楔子

逆江而上的小破船上，顏十四覺得自己是世上最悲慘的人。

顏十四本是太平米市上最精明能幹的牙行，買空賣空、坑蒙拐騙的生意一直做得很不錯。人們常說「車船店腳牙，無罪也該殺」中的「牙」，就是他這一班人。

一年前米市門口算命的劉鐵嘴說他有大運在西南，於是他找人借了幾十兩銀子準備從江西販瓷器回太平賣。誰料買了瓷器在回程路上，被鄱陽湖裡殺人越貨的江洋大盜劫了貨。

江邊長大的他深諳水性，縱身跳進湖裡僥倖逃了一條命，可一船的瓷器都打了水漂。回到太平後就被債主們四處追債，無奈之下連賣房帶典當他老婆的首飾湊了十幾兩銀子要去雲南販銅，盈利用來還債。債主們不放心他，和他立下生死文書，如果他到期不回來，就要賣他的老婆、孩子抵債。

想到身後家裡妻子、兒子被人待價而沽，前面去雲南的路上生蕃、瘴氣在等著自己，顏十四心裡百感交集，很不是滋味。

碼頭

顏十四坐的是最便宜的無艙快船，只讓白天坐，不讓晚上住。船傍晚到了武昌，船老大把船靠岸停好，吩咐明早辰時三刻開船，就把乘客們趕下船去。別的乘客在那破船上悶了一天，船一靠岸，飛也似的都去碼頭上喝酒、賭錢、住店，只有背負重債的顏十四捨不得花錢住店，也沒閒錢去喝酒呷妓女，只能在碼頭上瞎溜達。

正百無聊賴時，看到路旁一個人坐在馬車上喝悶酒。那人一邊喝酒，一邊唉聲嘆氣，手裡的筷子一下都沒動，下酒菜是一包筋頭巴腦的滷牛肉、一包餡兒鼓鼓囊囊的大餃子。

出了家門就米水未進的顏十四看著那誘人的下酒菜就走不動路，厚起臉皮圍著人家的貨車一圈圈地打轉，想找這人蹭兩杯酒喝。那人似也樂得找個人傾訴，看他在這裡轉了好幾圈，真的招手請他過來。那人給顏十四斟了一杯酒，還拿了筷子給顏十四。饑餓難忍、口乾舌燥的顏十四謝過後把那杯酒一飲而盡，還吃了兩口菜。看他吃得狼吞虎嚥，原本唉聲嘆氣的那人反倒噗哧樂了一聲說：「兄弟你慢些，我沒胃口，這都是你的。」

顏十四一聽臉脹得通紅，自知失態，連忙擦擦嘴搭訕：「兄長遇到了什麼事啊？獨自在此嘆氣。」那人又給他斟了一杯酒，擺手說：「掃興，掃興，不說也罷，不說也罷。」

顏十四再三問了，那人才一聲長嘆，從屁股後拿出一匹麻布遞給顏十四說：「我剛收了這幾十車的好麻布，要販回老家汴梁去賣。哪裡想得到，早晨家裡託人捎信說我兒子在大都吃了人命官司，要我即刻去救。」說到這裡那人拿衣襟擦了擦眼睛。

那汴梁商人接著控訴：「我託武昌這裡的牙行去給我找下家，準備把貨儘快倒出去。那牙行把我家裡出了急事的事情傳開了，布商們都死命壓價，要拿一兩銀子買了我這三大車麻布。你說這些牙行是不是該殺？」

顏十四聽他說牙行該殺，心裡苦笑，面上還點頭贊同說：「該殺，該殺。」

麻布

說到自己的老本行牙行該殺，顏十四尷尬起來，低頭去摸汴梁商人剛遞給他的麻布誇獎道：「你這麻布織得眞是又密又細，肯定能賣個好價錢。」汴梁商人說：「兄弟你是識貨的，我這是南邊最好的沅江布，說是布，又細又密又舒服，比紗都不差的。」顏十四點頭贊同，那汴梁商人問道：「你們老家麻布什麼價格？」

牙行出身的顏十四對往年的貨物最熟悉不過，翻眼睛一想：「織得這麼好的麻布，按去年的行價一匹怎麼也得二百錢吧。」

那湖北商人擦擦眼淚對顏十四說：「我是眞的急著要現銀，上京救我的兒子。兄弟你若有意，我這裡三車麻布，三百多匹還多，二十貫錢賣給你，也強過被那些牙行拿幾錢銀子誆去。」

顏十四一聽要賣給自己，本能地抱緊了裝著盤纏的包袱，腦子裡打起算盤：「三百匹麻布運回太平，一匹兩百的賣那就是六十貫錢呀！自己兩次的欠款幾乎都能還清了。」

久在商場的顏十四最懂買賣道兒，心裡想要接盤，但嘴上還不能鬆口，嘆了一口氣道：「唉，小弟也不懂這布匹生意的門道，而且身上也沒有二十貫錢在，可惜可惜。」

那人忙問：「兄弟帶了多少？」顏十四答：「只帶了十七兩，回程恐還需些盤費，只拿得出十五兩。」

那汴梁商人聽了先是一陣搖頭，顏十四看他爲難，便要提高一兩出價。還沒等顏十四開口，那人重重地一拍車頭說：「你我兄弟也是有緣，十五兩就十五兩吧，當我交了你這個朋友。」

顏十四心中大喜，嘴上卻說：「我實在不懂你們布匹行業裡的門道兒，這次只當是幫你老兄了。」達成了交易，兩個人心中都舒快了不少，又重新推杯換盞地喝起酒，喝到半夜，汴梁商人要帶顏十四回客棧，顏十四捨不得花住店錢，就抱著自己的包袱，在馬車的麻布上睡了一夜。

山賊

第二天一早，汴梁商人和他的幾個車夫從客棧趕回碼頭，汴梁商人對車夫說：「這是新東家，你們就跟著他把貨送到他貴處去。」顏十四揉揉惺忪睡眼說：「兄長你有所不知，我老家是這長江下游的太平州，順江而下的江船又快又穩。您的幾位兄弟只需幫我卸貨上船就行，不用趕車跟我回去。」

汴梁商人把他拉到一旁，小聲對他說：「兄弟你有所不知，本地的牙行不是要強買我的布匹嗎？現在布被你買去，他們一定懷恨在心，碼頭上的船幫和牙行都是沆瀣一氣的，不知他們會動用什麼手段加害你。這幾個馬夫是我在沅江雇來，跟他們武昌人不相干的，一路上老實本分是最信得過，而且我已經提前給了他們車費，兄弟你不需花一個錢的。」

顏十四想想自己在太平米市做牙行時和碼頭上的地痞船幫如何爲難敲詐過

往客商的狠毒手段，不由得打了一個冷顫，連聲對汴梁商人說：「兄長想得周密，想得周密。」

從包袱裡拿出自己抱了一晚上捂得溫熱的銀子，跟汴梁商人做了交接。互相又客氣了幾句，汴梁商人說自己忙著回鄉救犯事的兒子，作揖告別後揚鞭催馬一路向北而去。顏十四心繫著家裡妻小，整頓了一下，也和三個馬夫上路了。路過集市時，果如汴梁商人所說，牙行、腳夫們對他指指點點，彷彿在說「就是這人搶了我們的便宜」。

官道上坐馬車雖然沒有坐江船快，但是四平八穩，一路上各種食肆小店倒也方便。路上碰到設卡盤查的蒙古兵，看他一車都是些不值錢的布匹，也沒抽幾個稅。

車行了兩天進了一片山區，顏十四一行怕有占山為王的強盜打劫，都十分小心警惕。入夜了還沒走出山區，顏十四幾個就有些擔心。突然無人的四面響起了喊殺聲，顏十四對三個車夫喊：「快趕馬！讓強人捉了去，咱們都活不了！」三個車夫快馬加鞭地飛速前行，突然最後一輛車子咯噔一聲響，馬夫以為後面有追著的強盜在砍，趕馬趕得更快了。三架馬車奔命似的衝出了山區，逃過一劫。

少女

出了山區進了平原，天也拂曉了。直到進了驛站，用了早餐，才徹底壓下驚來。最後一輛車的車夫突然想起自己的車似被砍了一刀，就領著顏十四去看。

走到車邊上，發現車上並無刀砍斧劈的痕跡，連個箭頭都沒有。顏十四想要看看狂奔途中布匹有沒有掉落，打開馬車後門，不只布匹一匹沒少，布匹上居然還多了個妙齡少女！

晨光照入車廂，只見那少女外面穿著一件金絲紅底兒的小夾襖，裡面襯著淺綠的千褶素裙，看得出裙子裡凹凸有致、身段修長，白淨的臉龐上秋水剪瞳，巧梳的垂鬟有些稚嫩的微黃。顏十四等人不知是什麼人，就拿馬鞭戳弄她。沒兩下那少女被戳弄醒了，一睜眼看到四個大漢在車廂外面圍著自己，連忙蜷縮到車廂最裡面小雞啄米似的磕頭說：「好漢饒命，英雄饒命。」

顏十四看她不住地磕頭，連忙說：「我們不是好漢，也不是英雄，只是過路的客商。」那少女聽了仍磕頭道：「謝相公搭救。」顏十四止住她磕頭，把她請下來問：「你是誰？怎麼在我們車上？」少女答道：「小姓楊，江北廬州良家女，隨父去四川郫縣做縣官。赴任路上在山裡遇了一夥強人，殺了我父我兄，那強人頭子又要強佔我，我情急之下就躲入了相公車上，相公恕罪，相公恕罪。」

聽完了她的話，顏十四弄清楚她的來龍去脈，又聽說是廬州做官人家的姑娘，心裡大喜，以爲是奇貨可居，準備把她送回廬州領一筆厚厚的謝儀，便說：「這下好了，咱們是大同鄉，我是太平州人，回程路上稍微繞點遠就能把你送回廬州。」那少女一聽要送她回廬州，竟哭了起來說：「相公，我們全家隨父去四川赴任，家裡田屋盡賣，一家人也都被強人所殺，廬州已經無家可歸。」顏十四聽她說的那麼慘，自己心裡也涼了半截，心想謝儀是領不到了。「只求能在相公身邊服侍，報您救命之恩。」

顏十四沒接話，讓她一起用早飯，少女說：「男女大防，不便同席。」顏十四知他們大戶人家規矩大，也就沒勸，給她包了幾個小餃子送到車裡給她吃。

一路上這少女最乖巧不過的，白天顏十四和車夫們用飯她就在一旁斟酒，晚上她把客棧裡的床鋪鋪好自己卻回車廂裡墊著麻布睡，清早顏十四一睜眼就看她已經打好了熱水，擰好了手巾給他洗臉，顏十四和車夫的換洗衣服她也漿洗得乾乾淨淨，伺候得顏十四最舒服不過。

狠心的牙行顏十四原本準備把她賣到勾欄妓院裡換錢的，被她伺候了幾天也有些捨不得了。一下沒忍住，在馬車廂裡就把她收用了。家裡結髮的妻子是個屠戶的老女兒，全太平最潑辣粗糙的一個，顏十四哪裡體會過這份可愛溫軟？這一路上幾乎再也沒下過車廂，麻布做了鴛鴦繡被，車廂做了鸞鳳暖帳。

太平

一馬平川的官道上，叼著野草，哼著曲兒，顏十四覺得自己是世上最幸福的人。

心想馬上回了太平，自己低價買進的這一大批麻布一變賣，不僅能還上虧空，搞不好還能盈餘幾兩銀子下來，心裡別提多美了。而且路上還撿了個如花似玉的小美人，這一趟眞是財色雙收。

貨車到了顏十四家裡，車夫在院子裡卸貨，顏十四給他老婆介紹自己新收的小妾。顏十四的老婆是潑辣的母老虎，一聽他納妾，馬上鬧了起來：「人家大戶人家有錢有勢的才納妾，你這現世報欠了一屁股債，連老婆孩子都壓給別人了，還有什麼臉納妾？我不活了。嗚嗚嗚。」

顏十四忙說：「夫人容稟，她是我路上搭救的，並不是花錢買的。」楊姓少女也央求道：「我只求報相公的恩，做婢做奴都在所不惜的，求姐姐成全。」顏十四老婆聽她說些「相公、姐姐」之類的，更加惱了。

這裡正要打將起來，院裡的車夫卸完了貨進屋來道：「東家，我們要回去，求您把來回的車費傭金給結一下。」顏十四正因爲家裡一妻一妾的事焦頭爛額的，一聽說他們要錢，沒好氣地答：「車費傭金那汴梁人在沅江收貨時不都提前給你們了嗎？你們休要誆爹的錢。」

那三個車夫說：「東家，我們是那汴梁人在武昌的集市上雇的，並沒去過沅江啊。」顏十四一聽才知道，吃了那汴梁人的騙。只好對那三個車夫說：「三位在我這裡稍等，我去市場上找人出貨，賣了錢給你們結清。」

顏十四撇開家裡正在尋死覓活的老婆，抱著一匹麻布去了米市，找到相熟的幾個布商要出貨，誰知每家都不收他的布。不得其解的顏十四只好去找自己的牙行師兄弟霍三一打聽情況：「師弟。我這織得這麼好的麻布，這些賣布的賤人怎麼都不要？」霍三一呡了一口茶道：「師哥，你這躲債躲久了，市上的行情都不曉得了？」顏十四忙說：「請賜教。」

霍三一道：「師哥，下江出了個聖女叫黃道婆，從瓊崖帶回來一種神花叫棉，松江府種了很多。這種神花織出的布又細又密，保暖透氣，且這棉布的造價跟麻布差不多，品質比麻布卻好得多。幾個山西商人從松江府販來了一大船棉布，本地布商都在找他們求購。」

顏十四忙問：「那麻布呢？什麼價？」霍三一答道：「你這些麻布呀，別說什麼價，想出手都很難！」

聽霍三一說了布匹行情，知道自己受了那汴梁人的騙，顏十四頓時晴空霹靂。霍三一看他滿臉絕望，兩眼放空，也沒再做無謂的安慰，狡黠一笑悄聲對他說：「師哥，趁著債主們還不知道你回來，趕緊收拾東西連夜跑吧。」

道士

顏十四回家都沒敢走大路，一路上畏畏縮縮、鬼鬼祟祟地繞小路走，生怕撞見債主們。正在這時，突然有人拍了他的肩膀一下，顏十四以爲是債主，嚇了一跳。正要磕頭告饒命，誰知一回頭卻是個老道。

顏十四心裡正鬱悶，被這道士嚇了一跳就更惱火了，罵道：「牛鼻子老道你作死嗎？青天白日的想明火劫道嗎？」那老道微微一笑：「施主，你印堂發黑、步履發虛，恐怕是家裡進了鬼啊。家裡是不是添了人口？」顏十四一聽更惱了：「你少來誆我，你爹現在正倒楣，可沒有閒錢給你化小緣。快滾，快滾。」轉身就要走，老道吃了他罵，也不惱，對他說：「你回家時且去看那新添的人口，她若沒有影子就是鬼，你來東門外的土地廟找我。」顏十四心裡煩躁沒理他，繼續往家走。

進了家門，顏十四的孩子在哭、老婆在鬧、三個車夫圍著他要錢，顏十四煩不過，掏出路上剩下的碎銀子給車夫，騙他們說：「貨已經賣去了，錢還有幾天才能到手，哥們拿著這些錢先去喝酒住店，過了明天來拿錢吧。」三個車夫拿了錢，千恩萬謝地去了。

顏十四誆走了車夫，打了老婆幾下，把她打回了娘家。自己跟楊姑娘進了房，準備籌畫跟她私奔出逃。

有些事，沒人提醒你一下，你不去留心，你一輩子都不會發現，比如你家的米缸每天都會憑空少一合米，比如說你家的小貓每月十五都不在家，比如你家櫃子裡收起來的一套被子無論放在哪裡都會自己跑到最上面一層，再比如你新收的小妾沒有影子。正常人誰會沒事盯著別人背後看有沒有影子呢？

一路上夜夜同棲同宿，顏十四只顧和楊姑娘親熱，哪裡留心她有沒有影子。這天被道士一說，也就留心看了幾眼。這一看不要緊，嚇得顏十四一身冷汗。那楊姑娘身後竟真的沒有影子！顏十四以爲屋內狹小，自己看錯了，揉了揉眼睛，又把門窗大開，傍晚的斜陽射進來，只見那白淨淨的臉蛋笑吟吟，水汪汪的眼睛亮晶晶，怎麼看都是個十七、八歲的小姑娘，只是身後沒有影子。

顏十四畢竟是老江湖，雖然心知大事不好，強忍著害怕和她洗漱上床。上了床，任她怎麼需索勾引只說身上疲倦，推說不幹。這一晚上也不敢睡，也不敢跑，一動不動地待了一晚上。第二天一早才說：「我要出去談生意了，你在家守著吧。」說罷故作鎮定地更衣出門。出了門，顏十四也不怕碰到債主了，飛也似的從大路奔了東門外的土地廟去找老道。

土地廟

一進廟門，顏十四撲通一聲跪在地上喊：「道長救我。」

老道看他倉皇的樣子，微微一笑問道：「施主，是不是鬼？」顏十四連連點頭：「是鬼，是鬼。」老道接著問：「有沒有影子？」顏十四連連搖頭：「沒有，沒有。」老道看他一時點頭一時搖頭可笑得很，就又問他：「我說的對不對？」顏十四又連連點頭：「對，對。」

顏十四接著又是一陣磕頭，「道長，這家裡的鬼要怎麼破解？求道長解救！」老道含笑扶他起來，卻不言語。

顏十四再三磕頭求了，又從懷裡掏出一些散碎銀子來給老道說：「一點兒香火，不成敬意。小的身上帶的不多，待那鬼破解了，小的另有一份大大的孝心。」

老道看他誠懇，於是問他：「你在哪裡遇見的她？」顏十四如實答道：「小的出門販貨時路過一片山地，夜裡彷彿遇了山賊，於是縱馬拚命往前跑，第二天一早在車上發現了她。說是廬州人，跟著家人去四川，一家人都被山賊殺了，為了躲避山賊上了我的車。」

老道單刀直入地問：「你與她做了夫妻之事沒有啊？」顏十四不好意思地低頭含糊道：「做了。」老道沉吟道：「這鬼應是生前被行路的客商拋棄在山裡的妻妾化成的冤魂，假託人形，專找你們這些過路的客商復仇，日日交合，她吸了你的陽氣還了陽，你被吸乾了元陽，往生都無處去，是要替她做孤魂野鬼的！」

顏十四聽老道說完，想起自己這幾天日日和她交合，已嚇得失魂落魄。

老道看他嚇傻了，給他寬心道：「這鬼雖然厲害，但也沒什麼大神通，想要破解卻也不難。」顏十四聽說有得破解，又回過神來說：「求道長點化。」老道言道：「這種鬼只是吸人元陽，並沒有什麼殺人的神通。要驅破它說來也簡單，把她領到人多處，待她不意之時，用口唾她，她便會變作羊。」顏十四忙接著問：「變羊？變羊後呢？還會變回來嗎？」老道說：「一天之後才能變回來。」

顏十四一聽急了：「那她不還要回來找我？道長你這法子……」老道說：「要想讓她不變回來，就用帶煞氣的東西斬了它。」顏十四忙問：「什麼東西帶煞氣？」老道想了一會兒說：「屠夫的放血尖刀、劊子手的砍頭刀、獵戶的夾子，總之就是常屠殺生靈的東西。」

顏十四說：「這個好辦，我岳父就是宰豬的屠夫，放血的尖刀能從他那裡借到。」老道接著說：「把這羊抱至無人處，用這煞物弄死它，之後用火燒化成灰。千萬不能讓人吃了那羊肉，否則吃了的人也會變羊。切記切記。」

顏十四得了破解方法，千恩萬謝地叩頭謝過了老道。

收貨

垂頭喪氣地走在空無一人的小路上，顏十四覺得自己是世上最悲慘的人。

原本就債臺高築的他又被那汴梁商人騙去了最後的本錢，千里迢迢弄了一大堆賣不掉的麻布，以爲撿了個如花似玉的美妾，誰知竟然是個害人的女鬼。

女鬼、麻布、欠債這些糟心的事都壓在他心裡，是越想越煩越煩越想，「女鬼、麻布，麻布、女鬼」，突然他心生妙計，大聲地笑了起來，身邊的路人看他又哭又笑，以爲他瘋了，都紛紛走開了。

他也不管路人，逕直到米市去找霍三一，霍三一一見他，趕忙把他拉到後巷裡問：「你怎麼還不走？」顏十三說：「師弟，我有事求你。」霍三一回道：「你欠了近百兩的債，現在利滾利越滾越多，我哪裡幫得了你？我家裡金山銀山也填不了你的無底洞啊。況且我上有老……」顏十四趕忙攔住他：「行了，行了，別聒噪了，不是要你借錢，讓你幫我辨點貨。」霍三一好奇起來：「你辨什麼貨？」顏十四道：「這貨好辨，現在鄉下人手裡壓的都是。想是給錢就賣的。」霍三一更好奇了：「什麼貨？」

顏十四一本正經地說：「麻布！」

霍三一不可思議地望著顏十四說：「師兄，你裝瘋賣傻是躲不過債主的。」顏十四道：「哪個瘋了？你只管讓那些麻布賣不出去的鄉下人把麻布都給我運到我家裡去。五十文一匹，十天後結帳。」

把霍三一託付好了，顏十四直奔客棧去找三個車夫。三個車夫以爲他來送傭金，滿臉堆笑地叫東家，顏十四坐定了問他們：「你們想要錢？」三個車夫等了幾天早有些不耐煩了，被他這麼一問便惱了起來：「不想要錢誰跟你到這裡來？」

顏十四道：「錢我一定給，等十天以後，我給你們三倍的錢，但你們要去幫我做件事。」三個馬夫一聽有三倍的報酬忙問：「辨什麼事？殺人放火的我們可不幹。」

顏十四道：「也不用你們殺人，也不用你們放火，動動嘴皮子就好。你們三個晚上分開吃飯，食肆裡逢人就說，棉是黃泉花，穿棉布要變畜生，你們從松江來，松江現在滿街都是人變的畜生。」
馬夫聽他說完，以為他瘋了，「東家，你是不是要裝瘋賴我們的傭金？」顏十四駁他說：「你才瘋了，我要是想賴帳，早就一走了之了，哪裡會來客棧裡找你們？」
馬夫一想覺得有理，便不再質疑他，顏十四最後交代：「你們就記住我的話，四處去學，十天之後一定給你們三倍的傭金。」
交代完了三個馬夫，顏十四便快馬加鞭地趕到他岳父家。他一進門，他那妻子就開始嚎啕大哭，還沒等他那屠戶岳父動手打他，他「撲通」一聲就跪倒在地上小雞啄米似的一陣磕頭請罪：「岳父饒命，夫人饒命，我知錯了，我這就回家把那狐狸精趕回廬州去。」
看他認錯得誠懇，還答應把小妾趕走，他老婆也哭得不那麼厲害了，他岳父本來是想打他的，也沒動手，只罵了幾句。看氣氛緩和了不少，顏十四又堆著笑臉地對他岳父說：「兒婿自知有罪，現在去肉鋪幹些活，給岳父賠罪。」又對他老婆說，「夫人息怒，等我回家把狐狸精趕走了，再來接您。」
他老婆嘴上不饒說：「不回、不回。」顏十四告辭出門時又拉拉他的手，「早點來接我，我帶排骨回去，給你煲你最愛喝的排骨湯。」顏十四連聲答應，抱著兒子就走了。

出了屠戶家的門，顏十四直奔肉鋪，肉鋪的夥計看他來了，都來給他請安：「許久不見，姑老爺好。」顏十四一一點頭問候了，對他們說：「你們各自幹活，把帳本拿來，我來對看。」說罷進了肉鋪，坐在一旁看帳本。夥計們有的忙著賣肉，閒的逗顏十四的兒子玩兒，過了一會兒也就沒人注意一旁的顏十四。

顏十四四下看夥計們不注意，提起衣裳下襬躡手躡腳去拿了一把放血的小尖刀放在懷裡。又坐回帳本跟前，叫記帳的夥計來問了些有的沒的、亂七八糟的雜事，還問：「城外大營的蒙古人是跟咱們家買肉嗎？」夥計說是，他又問：「他們一般都是幾時來啊？」夥計想了一下說：「辰時兩三刻吧。」顏十四又問了些別的，最後誇那夥計「是個機靈停當的人，以後定要提攜你的」，夥計連連點頭稱謝，心裡卻想：「誰要你這欠了巨債的破落戶提攜。」

顏十四從夥計那兒要了些下酒的筋頭巴腦[1]、肝脾包起來，又賒了好幾斤豬肉包了一大包，這才離開了肉鋪。離開肉鋪，他到糖酒店用懷裡最後一點兒

1、筋頭巴腦：指帶皮帶筋，難嚼難燉的肉。

碎銀子買了一小罈酒、一小包芝麻糖，把糖遞給他兒子說：「拿著糖外公家去，跟表弟他們一起吃吧。」打發走兒子，顏十四抱著酒拎著豬肉，踉踉蹌蹌地回了家。到了家，他下廚溜[2]了豬肝、抄了護心[3]、煎了腦花，最後把豬脾埋在爐灰裡炙，就著這幾樣大菜拼命喝酒，一小罈酒喝了個一乾二淨，吃飽喝足了他就趴在桌子上裝醉，任楊小姐怎麼叫他，他都裝醉不醒。楊小姐無奈，只好把他拖到床上，一夜無話。

2、溜：一種烹飪方法。用旺火沸油炒過或炸好食物，加糖或醋，勾芡後速炒成熟。
3、護心：指護心肉，就是橫膈膜。

唾鬼

第二天一早，楊小姐埋怨顏十四：「你怎麼喝那樣多酒？虧了是在家裡喝的，有我照顧你，若在外面，早讓歹人挖心挖肺害了。」顏十四心裡想著：「要挖心挖肺害我的，不就是你嗎？」臉上還賤嗖嗖地說：「夫人恕罪，昨天談成了生意高興，所以多喝了兩杯。」楊小姐佯嗔：「下次再那麼喝，我就惱你了。」顏十四堆笑道：「今天給夫人賠罪，帶您去米市上逛逛。」楊小姐心想來了太平這幾日，還沒去逛過聞名天下的太平米市呢，顏十四說賠罪帶她去，便高高興興地去穿衣化妝了。

到了市上，顏十四先領著楊小姐看看首飾、脂粉，哄她說：「你且挑好款式，等過幾日我的貨款到了，就來給你買。」逛來逛去，逛到了一處人山人海的所在，正是山西商人儲存貨物的山西貨棧。這幫山西商人不光從松江販來了大批布匹要出給本地布商，還夾帶了些松江產的棉襪、棉巾，在貨棧門口擺攤零賣，顯眼處還掛著幾件織得上好的棉布成衣小襖，但是織工極其精美，價格不菲，來買巾襪的人也都沒人敢問價，只當是幌子。顏十四領著楊小姐穿過人群來了攤子前面，吩咐客棧：「拿那件大紅的襖子來，給我娘子試。」

小夥計看他穿得不甚整齊，本不想給拿給他試的，但又一看楊小姐穿的都是好料子、好織工的裙襖，便又以爲他是深居簡出、不拘一節的大財主，堆著笑拿下襖子來給楊小姐試。楊小姐脫下自己的金絲紅底綢面襖交給顏十四，去試那棉布小紅襖。穿上紅襖後正要去問顏十四好不好看，顏十四冷不防地一口唾在她臉上，頓時，一個妙齡的姑娘化成了一隻白羊，大紅的小襖子還穿在身上。

這一下小攤上買巾襪的連同路過的都圍了起來看熱鬧，顏十四在一旁號哭：「我好好的一個娘子，穿了他們的衣服，怎麼變成了羊了？」這時，人群裡有個人指著穿著紅襖子的羊說道：「前幾天我在食肆裡聽兩個松江商人說，人穿棉布是要變畜生的，他們松江現在滿街都是人變的畜生！」周圍有好幾個人都附和道：「我也聽說了！棉是黃泉花，穿了棉布的衣服是要變畜生的！」

山西小夥計連忙從小羊身上把紅棉襖解下來，解釋道：「這是他變的戲法，我們東家穿的就是棉布衣服，也沒變畜生啊。」圍觀的人看著這活生生的羊，哪裡還肯聽他解釋，原本買了棉布巾襪的人都一擁而上要退貨，原本在客棧裡正在和山西商人談收購的本地布商也紛紛要告辭往外跑，山西商人拉著他們不讓走，山西貨棧登時亂作了一團。顏十四趁亂一把抱住那羊，飛也似的跑回家。

營變

到家後，顏十四把小羊捆好，從廚房裡拿出昨天從肉鋪偷回來的剔骨尖刀對小羊說：「小鬼啊小鬼，不是我要殺你，是你要害我，不得不殺你啊。來世你可別再托生成那被人拋棄在山中的苦命人了。」說罷一刀給小羊放了血。

顏十四把羊的大部分都澆上油燒了，只留了牠幾斤肉。用昨日從岳父家肉鋪包豬肉回來的荷葉打包捆好。第二天一早辰時二刻左右屁顛屁顛地跑到岳父肉鋪裡提著包好的羊肉對夥計說：「昨天吃下水吃了個豬油蒙心，這些五花的肉太肥了，我就不要了罷。」夥計滿臉嫌棄，嘴上替他開解道：「姑老爺不要不要緊，一會兒蒙古大營的人來進貨，給蒙古韃子吃就好。」

過了一會兒蒙古軍營的人來了，夥計果然把那包肉跟準備好的肉一起堆在了蒙古軍營的貨車上。伙夫把一車肉菜運回軍營，準備料理時發現了一包羊肉。蒙古人最愛吃羊肉的，可淮河以南的漢人又都不吃羊肉，覺得膻，偶爾北方運來的風乾羊肉已經是寶貴之極了，更別說這新鮮的羊肉了。伙夫拿著羊肉去找蒙古軍官獻媚，蒙古軍官大喜，叫上蒙古大兵們一起來烤肉。那些北方來的漢族士兵也想吃羊肉但摸不到，饞得直流口水。這幫蒙古人連肉帶骨把這點羊肉吃了個乾乾淨淨，連點渣都沒給漢族兵留，恨得那些漢族兵咬牙切齒。

那些漢族兵還沒來得及抱怨呢，那些吃了羊肉的蒙古兵突然一個個都變成了羊，穿著蒙古袍子的小羊在軍營裡滿地亂跑。那些沒吃到肉的漢族士兵都自覺逃過一劫，一個個心裡都暗想：「阿彌陀佛，幸虧老子沒吃。」

達魯花赤

營裡面蒙古兵變了羊，沒吃上肉的漢人兵趕緊報到了州衙。

元代，各地總理軍情政務的一把手是蒙古官叫達魯花赤，二把手才是正牌的知州、知府。那達魯花赤不大聽得懂漢話的，讓同堂的漢官知州給他翻譯，知州的蒙古話也是個二把刀，急了一頭汗才把山西貨棧門前有人變了羊，蒙古軍營也有人變了羊這些事講給達魯花赤。

誰知兩人雞同鴨講了半天達魯花赤大人就聽懂了兩個詞「山西貨棧」、「人變了羊」。蒙古人最迷信神鬼，一聽有讓人變羊的妖術，嚇得不知如何是好，就拍板說：「羊，山西貨棧，燒掉，燒掉。」聽他一個詞一個詞往外蹦，下面漢人士兵也不知道他說是燒什麼，就問知州：「二老爺，燒什麼？」

知州最恨底下人叫他二老爺，沒好氣地說：「我哪知道燒什麼？你們大老爺讓燒就都燒了！」

幾個漢人士兵又問：「都燒是燒什麼？請二老爺明示。」

知州又問達魯花赤，達魯花赤鸚鵡學舌地學他說：「都燒了，都燒了。」還滿臉的贊許。達魯花赤在那裡微笑點頭，知州心裡暗暗叫苦，也不知道他到底要燒些什麼，心想：「燒多了的話百姓遭殃，燒少了再生出什麼人變羊的事端來自己烏紗不保不說，蒙古韃子說不定連我家也都燒了。」

想到這裡，知州一咬牙，一狠心，也顧不上什麼愛民如子了，對幾個漢兵說：「奉達魯花赤大人命，你們把妖羊抱到山西貨棧，把販妖布的山西妖人、讓人變羊的妖布、人變的妖羊全部鎖在裡面，放火燒了。」

老爺降了旨，大兵們馬上開動把營裡的羊抱到山西貨棧裡去。山西商人一看滿貨棧的羊還沒反應過來發生了什麼，大兵就把貨棧的門窗鎖死，潑了桐油一起燒了。變了羊的大兵、山西客商和貨棧裡整垛整垛的棉布一起葬身火海。那滿棧的貨物，燒了三天三夜才燒完，整個太平州的人都能看到那沖天的黑煙。

尾聲

顏十四坐在新買的三進大宅子裡，覺得自己是世上最幸福的人。

一時間「人穿棉布變羊」、「火燒山西貨棧」的消息從太平米市傳遍了附近百里，周圍府州的百姓、布商都聞棉色變。原本賣不出去的麻布重新回到了市場上，顏十四五十文一匹收來的麻布，一躍漲到了三百文一匹，賺了個盆滿缽滿。

賺的錢還清了自己的欠債，顏十四又從布商手裡把他們壓在手裡的棉布全部低價收了過來，跟著三個車夫又把棉布販回武昌去，又大大地賺了一筆。這麻布棉布幾趟倒騰下來，他攢了一大筆本錢，接下了山西人留下的一大盤生意。顏十四的生意越做越大，竟成了太平州數一數二的富商。

人們常說「有錢能使鬼推磨」，到了顏十四這幫精明狡猾的牙行這裡竟成了「無錢能拿鬼換錢」，眞是厲害至極！

這正是：

人言車船店腳牙，縱使無罪也該殺。
遑論你我良家子，魍魎鬼狐也怕他！

斬鬼嬰

楔子

抗戰時期，河南一帶連遭水、旱、兵災，民不聊生，餓殍遍地，大批難民南逃淮河以南的南京、上海、合肥等地。逃到合肥來的千餘戶難民多聚集在北門外雙崗、白水壩一帶，搭建棚戶、安家謀生。

這其中有一戶姓「養」的人家，一對小夫妻帶著一個老奶奶過活。開始的幾個月一家人拾荒、做工攢了些本錢，便央人砌了個烤爐，在城外面做起了「勤行[1]」生意，賣燒餅。

他家因有祖傳的手藝，做的一手薄而酥的芝麻燒餅，暢銷全城，出息很好。頭年裡就在城內拱辰街裡租上了一間大瓦房，過上了小康的日子。日子雖然日漸好過起來，但這家人卻遇上了一樁詭刁的怪事。

1、勤行：舊時對旅店飯館僕役的統稱。

養侉子

江淮間的人，愛把從北方來的人稱作侉子，故城裡買燒餅的人就都管他家叫養侉子。事情可笑在，他家雖然是姓一個「養」字，卻總也養不活孩子。

一家人安定下來以後，養侉子的媳婦懷胎十月，足月足日地生了個七斤多的白白胖胖的大胖小子，一家人無比用心細心照料，可不出滿月就無故夭折了。一心想著要孫子的養奶奶，怕下一胎再有差池，帶著兒媳四處求醫問藥、求仙拜神，吃遍了全城醫館、藥局的藥，巫婆神漢的香灰水也沒少喝，可新生兒不到滿月還是夭折了。

眼見著兒媳又懷上了孩子，無奈之下，老奶奶病急亂投醫，帶著兒媳去城內清刹廟，想請道長給打個陽醮（道教禳災法事）破解破解。

清刹廟原本是座被廢棄的荒廟，前幾年從江西龍虎山來了一個正一道士占了這裡。城裡城外都傳這老道是個得了道的眞人，可問題是，這道士只專門給人家死人做破地獄，從不幫人做畫符、打醮這些給活人消災的法事。多少大戶人家花大價錢請他打醮，他都不肯。

但這養老太太是出了名的會撒潑放賴。婆媳兩人一進廟門，養奶奶便雞啄小米似的一頓磕頭，扯著嗓子喊「請道長點化」，老道扶也扶她不起，引得外面眾路人都來圍觀。道長無奈，只好把她們請到後面。聽婆媳二人七嘴八舌說明了來意原委，道長便問小媳婦逃荒前在河南是否生養過孩子，小媳婦支支吾吾，顧左右而言他。道長本就不願給人破解這些亂七八糟的怪事，見她還不願據實交代，就想端茶送客。養侉子的媽見狀急忙插嘴交代了實情。

過繼

原來在北鄉河南的時候，兒子兒媳生養過一個孩子。不過孩子不到周歲，河南就遭了災。包袱裡的口糧在逃荒路上很快就吃得一乾二淨，一家人陷入了絕境中。口糧沒有了吃糠皮兒，糠也沒有了吃樹皮，樹皮都沒得吃了，逃荒的人群中開始流行起吃人肉了。

開始還是偷偷地偷割人肉，躲起來吃，到了後來，往往人將將倒地還沒死透，四周的難民就已經一擁而上，把他宰割分食了。到最後，就連人肉都被有刀槍的強人壟斷，混在逃荒隊伍裡的強人把人根據男女老幼、新死久亡明碼標價。養氏一家拖老攜幼，自己不被人殺害賣肉便是萬幸了，根本分不到吃。死人肉成了壟斷品，繈褓裡的孩子也成了扒手們下手的對象，人群裡經常能聽到有孩子被偷的母親嚎啕大哭的聲音。

一家人走到半路上，眼見都要被餓死了，養家媳婦原本飽滿的一對奶子，乾癟得像洩了氣的尿泡似的耷拉下來，再擠不出一滴奶水。孩子眼看橫豎也保不住了，養侉子便生了不要孩子的心。可自己的親生骨肉又下不去殺手，最後含著淚和同行的另一戶人家換了孩子，易子而食。含著淚吃完這一頓，一家三口又撐了兩天，才渡過了淮河，逃出生天。

這人倫慘劇，婆婆還沒說完，小媳婦早已哭得泣不成聲。道長聽完原委，嘆氣道：「你們俎食活人，罪孽極大。但是畢竟是生存所迫，罪無可逭卻情有可原，以後要多做善事，消解罪業。」

婆媳二人連忙點頭稱是，又追問：「那孩子爲何又留不下來？」

道長答道：「你那頭一胎孩子被人殺食，冤魂不散化成了厲鬼。接下來幾胎夭折的孩子都是那小鬼轉世，是來找你們討債的！」

婆媳二人聽完都吃了一驚，忙問道長：「老神仙可有辦法破解？」

道長沉吟了半晌，才緩緩答道：「也不是沒有辦法，只是我說出三樣你們都需照辦，不得有誤。」

婆媳倆一聽有破解的辦法，趕緊一陣小雞啄米。見二人點頭答應，道長接著說：「第一，要在城外道士崗（今蒙城路橋附近）給你們那橫死的孩子建個墳塚。第二嘛，找個與父母雙方都有血緣的孩子過繼過來。第三，再生下孩子後，要給新生兒認丁、鎖、劉三姓的乾爹乾娘。」

養家婆媳牢牢諳記，連連點頭。

交代清楚後，道長抄法器張羅起了水陸道場，破例給小媳婦打了醮，又畫了符交代她貼在床上。婆媳二人給道長供養了好幾塊功德錢，千恩萬謝，並許下新生兒滿月後再給廟裡供養香紙蠟燭、香油獻牲。

婆媳二人回家後按照道長吩咐，挨個照辦。先在道士崗給那頭胎孩子建了空塚；又在城裡城外四處尋覓到了丁、鎖、劉三姓的人家，天天拿著燒餅去求，好說歹說才認上了乾親。前兩樣都落定了，可唯獨找孩子這一樣最難，一直也找不到與父母二人都有血緣的孩子，要麼是養家媳婦兒的親戚跟養侉子沒血緣，要麼是養侉子家的親戚跟養家媳婦家沒血緣，掰手指算起跟兩邊都有血緣的，大抵都餓死在逃荒路上了。眼看養家媳婦肚子一天天大起來，一家人急得像熱鍋上的螞蟻一樣。

可巧，胎兒八個月的時候，這養侉子有個逃到南京的姨表弟在那邊混不下去，也搬到了合肥來。他這個表弟當初娶親，就是養奶奶給他做的媒紅，親上加親娶的是養家媳婦的堂妹，夫妻雙方分別是養家夫婦三代裡的近親。

這世上有多少新鮮事，還沒等外甥來拜姨娘，做姨娘的反倒包了七、八個燒餅去看自己的外甥。養奶奶到了她外甥家還沒寒暄幾句，就開門見山去找他要孩子。原以爲要拉下老臉央求他一場，可誰知沒費什麼口舌，他外甥眼睛都沒眨一下就爽快地答應把孩子送給了養家。七個燒餅，換了不哭不鬧的半大小子，養奶奶歡天喜地地領著孩子，一路上逢人就誇：「俺們娘家人都是最善的善人，不知積下多少陰功才能生出這麼周正的孩子來！」

到此，空塚、認乾親、抱養孩子，一切準備妥當，就等著孩子降生了。

兩個月後，孩子出生，是個足斤足兩的大胖小子。一家人精心呵護，生怕重蹈覆轍，養侉子的媳婦就把孩子放在自己床上，半步都不讓別人抱走。

眼見都要定下滿月酒了，養侉子的媳婦晚上睡覺時一個轉身，壓到了孩子身上。第二天早起發現時，孩子早已沒了血色，孩子他媽哭死過去也不濟事。

明明全部按照老道的吩咐辦好了，可這一胎的孩子還是沒養過滿月，養侉子的娘惱羞成怒，趕走了抱來的孩子，日日跑到鬧事的十字街上，拿起銅勺鐵腕敲敲打打地罵街，口不擇言地罵那老道長是那騙人錢財的神棍，罵清剎廟是那窩娼聚賭的所在，一口字正腔圓的北方話合轍押韻、敲打帶唱地罵了一套又一套，好不熱鬧。

城中的老少婦孺都圍在四周看，就連日本憲兵都停腳不去巡邏，來看她猴戲似的罵街，邊看邊對身邊漢奸說：「她的，中國大鼓書[1]，好！」從口袋裡摸出一張日本軍票還要賞，倒鬧得漢奸哭笑不得，不知怎麼向太君解釋罵街與大鼓書的區別。汪僞的警察局看這鬧市圍觀聚集的人太多，怕出點什麼事激起民變，就用警棍把她打跑了。

1、大鼓書：一種說唱藝術。用唱腔的方式講說民間故事。

斬鬼

需知，民國初年電燈不普及，油燈又捨不得總點，黑燈瞎火裡老百姓沒什麼消遣的，做愛大約是打發漫漫長夜的唯一選擇。加之那時候沒有什麼避孕措施，夫妻若恩愛，女人大約年年都會懷上一胎。過了一年多，養侉子的媳婦又懷上了孩子，養侉子的媽聽旁人講，從湖北那邊來了個扶鸞請神的「神仙」，神通廣大。養侉子的媽連忙又帶上媳婦去找那湖北「神仙」。

那「神仙」原是個過陰請妖的神棍，每到一地，變幾通戲法，扶鸞下聖扮作呂祖麻姑，先將鄉民糊弄住，再套問出本地靈怪事宜，誰家宅子鬧了鬼，誰家孩子丟了魂。情報收集完成，往往來問事的人未張嘴他便能說出你所問的事，裝成一副未卜先知的樣子。養家婆媳二人未到，養奶奶罵街時，傳遍全城的那點破事，前前後後他都知道得明明白白。

養家婆媳進門後，只聽她二人報了家門說姓養，湖北神漢就一揮拂塵，讓她們噤聲，把眼半睜半閉若有所思，唬得她婆媳兩個一愣一愣的。那「神仙」只見小媳婦生得五官俊俏，頗有些姿色，就生了歹心，把養奶奶支出去，曰「摸骨問脈」，口裡念念有詞，由淺入深把養家媳婦摸了個遍。養家媳婦兒懾於他的淫威，也不敢反抗，只能任他猥褻。

湖北神漢占足了便宜，摸過了癮，才把養奶奶叫進來，裝模作樣地問道：「我已從她骨相摸出來了，你家可是孩子活不過滿月啊？」婆媳二人都是一驚，自己尚未開口，「神仙」就知道了來意，急忙拜倒大呼：「神仙保佑，神仙保佑。」這神棍倒是有些左道法術的，又得知她家養活不了孩子是因爲逃荒路上易子而食的緣故，設法詐了她家十足的好處，才教了那婆媳破解的方法。

「那小鬼不願超生轉世，三番五次來討債。要制服他需下狠招。」婆媳二人忙問是什麼狠招，那神棍低聲道：「再生下孩子來，一落生便攔腰用鍘刀斬成兩截，斬斷他的魂魄，屍體要先潑上黑狗血，用硬木匣子裝上，正午時埋到城隍廟院裡。若如此做，還能保你能生四個大胖小子，個個長命百歲。」婆媳二人領了破解方法，千恩萬謝還給了幾十塊供養。

四胞胎

幾個月後，養倭子的媳婦順利生產。孩子呱呱一墜地，剛送走了接生婆，養家奶奶急忙關上大門、插上門栓，跑到柴房去拿鍘刀。剛生產的養家媳婦捨不得這會哭會鬧的男孩兒，抱著不讓養奶奶抱走，養奶奶一把推開她把孩子奪走，不顧兒媳婦哭鬧，把孩子抱到自己房中，咬牙閉眼、手起刀落，就把孩子攔腰斬殺成兩段，小嬰兒的心肝腸胃流落了一地，可怖之至。

孩子不哭了，養家媳婦知道是孩子死了，反倒撕心裂肺地哭得更凶起來。養奶奶不管她，斬嬰兒時濺了一手一身的血也顧不上去擦，趕緊又到院中抓過自家溫順聽話的小黑狗，一刀破了小狗喉嚨，一腔黑紫的狗血潑到了嬰兒屍體上。按照湖北神漢吩咐，用硬木匣子裝上，貼上湖北神漢事先留給的鬼畫符。最後又買通了城隍廟裡的火工道人，把匣子埋到了城隍廟的院子裡。

養家媳婦新生的孩子雖不見蹤影，可旁人都知他家孩子一貫夭折，所以也沒人去多過問。只奇怪他家燒餅攤子上一向是賣清眞的滷牛肉給人夾燒餅，那幾日不知爲何兀地賣了幾斤帶皮兒的香狗肉。

這事過去一年間，養家媳婦傷心欲絕、心灰意冷，不願再與養侉子行房事。養侉子也拗她不過，便不再需索，分床而睡。養侉子願意，養家奶奶卻不願意，先是勸兒媳婦，養家媳婦也不答話只是以淚洗面地哭。於是養家奶奶又拿著傢伙到十字街去罵街，罵他兒子忤逆不孝，斷了祖宗的根，又罵她兒媳跟他兒子分床，分明有姦。夫妻二人被她鬧得無可奈何，只好當眾答應她的要求，才把她領回家。以後幾月裡，兩人每日在養奶奶的嚴厲監督下，繼續行房。老婆婆坐在床邊上，看媳婦和兒子做事，這大約也是千古未有的一段奇事了。

不到一年，養家媳婦竟然一下生了個四胞胎，四個孩子順利降生，健康長大，應證了神仙的預言。自此後，養奶奶閒暇時就抱著孩子到清剎廟門口去揶揄道長說些難聽的話：「有些妖人說俺們沒福分生養孩子，我們偏還就生養，一生養還得生養一隊四大天王。」道長是有了修爲的高人，不去理會她，她來鬧時只莞爾笑笑，也不言語。

玄機

解放後，合肥城裡的宮觀廟宇都被廢棄，僧尼道士都被迫還俗。老道長自幼出家，早已無家可回，政府無奈就把他安置在省政協大院門口傳達室，連帶看自行車。夏夜避暑時有好事的小青年就跑到政協大院去起哄，問道長養家的事。

道長被這些好事者纏問不過，加上看自行車也是無聊，便一五一十跟圍觀者道出了此中玄機。「養家那頭胎孩子是那橫死的厲鬼，我給他想的法子，步步都是有道理的。我給她打醮畫符算是鎮壓那小鬼的邪氣，第一樣讓他們給那頭胎孩子做墳塚，是爲了穩定住那小鬼，也讓那頭胎孩子有個歸宿好做轉生。」

「第二樣抱養那個孩子是騙那小鬼的障眼法，因爲抱來的小孩與父母雙方都有血緣，小鬼會誤以爲自己討債的計畫落空，養氏夫婦已經成功生養了孩子，便會放棄繼續討債。第三樣給新生兒找丁、鎖、劉三姓乾爹，是取了釘、鎖、留的義，好留住那新生兒的命。待到她來謝我，我只需再給那頭胎的冤魂小鬼做個破地獄的法事送他去投胎，便大功告成了。」圍觀者聽得入迷，連忙問養家按照他的方法做怎麼生養不了孩子。道長笑道：「我讓他們抱養那孩子，本是騙那討債鬼的障眼法。當時我的法子失效後，我就猜測一定是那過繼的孩子可能有問題，可能並非是……所以，就沒騙過那火眼金睛的討債鬼，嘿嘿。」

道長說到這裡就一味傻笑，也不說明白。當場剛好有當年一起從北方逃難來的人回憶說：「養傍子的老表逃難路上，因爲餓得不行，似在路上逼她媳婦兒賣過幾次。」好事者一陣恍然大悟似的嗷了一聲，相視會心一笑，接著嘖嘖作聲。

好事者又問：「後來他家怎麼又一窩生了四個孩子呢？」道長嘆氣道：「想來是那湖北神漢用邪法鎮壓住了討債的小鬼，之前被討債小鬼頂掉的四個孩子就都回來投胎了。」

道長頓頓接著說：「那湖北客人乃是個修煉左道的神棍。我猜他定是讓養家的人殺害了新生兒，又用邪法鎮壓住了那小鬼冤魂，可是這法子雖然暫時鎮壓住了小鬼，但是解決不了根本問題，無論他用的什麼辦法，那小鬼魂魄終將復原，只是時間問題。他們二次殘害那小鬼，不僅沒解決問題，又造了一樁冤孽。那冤死的小鬼魂魄癒合，會托生到他家的下一代，變本加厲地來討債的。」

聽罷眾人只當是慢慢夏夜消磨時間的笑話，不去當眞，也有上綱上線罵老道封建迷信欠改造的。之後眾人聚在一起又扯了些別的，直到睡覺時分，人逐漸才散去。

尾聲

一九六七年底，大約是先知會有什麼不得了的劫難，道長把傳達室的一應鑰匙、信件收拾整理好，溘然仙逝。桌上還留下一封給上級領導的信，陳情了解放前臨縣發生的一樁驚天命案。這裡略去不表，另有拙作〈破地獄〉[1]一篇詳述此案。

說回正題，這十幾年的晨光，養家和道長的事情幾乎早已經被時間湮沒，不再有人提起。一九八〇年春天，政府文保部門重修城隍廟，建築隊從牆角裡挖出了一個腐爛腥臭的木匣子，幾個挖地的民工下工後，無故大病了一場。

直到前幾年，養家又一次回到人們的視線裡。養侉子的小孫子跟人合夥開

1、即本書第一篇〈破地獄〉。

小貸公司非法集資，以每月兩分的高額利息吸引投資。他家三個叔伯連同幾個堂兄弟都抵押房子貸錢，交給他生利息。就在去年，他騙取了自己各家親友幾千萬後，賭博破產，畏罪跑反，不知去向。養氏一家四門傾家蕩產，家破人亡。其中養侉子的小兒子不堪巨額債款重負，服毒自盡，一時間震驚全城。

滄海桑田，當年政協大院門口纏著道長的好事者，也都從不信神鬼的少年成了垂暮老者。老養家出了這事後，他們想起了當年政協門口老道的話，都覺得脖頸後面發涼。又有知根知底的人透露說，養侉子騙錢跑反的這個魔星孫子，小名叫冬生的，是一九八〇年生人。

金簪記

楔子

胡兒本名叫虎爾花奴。因他是個赤髮碧眼的色目人，諢名才喚作胡兒。

胡兒的祖父是本朝世祖皇帝忽必烈手下的幕僚，傳說他身懷從泰西大秦（中國古代對羅馬的古稱）傳來的煉金奇術，有煉鉛成銀、點石成金的本領。

當年世祖皇帝忽必烈征戰四方的過程中，每有軍餉寅卯不接的時候，都由胡兒的祖父作法籌措。大汗這邊聖旨發下，一夜之間胡兒的爺爺便能給他變出許多金光閃閃的赤金元寶來。

這煉金術雖然看上去無本萬利，但實際上則會消耗陽壽。幾代人裡只有胡兒的爺爺能夠運用自如，不光用這奇術屢建奇功，還活過了花甲六十，得了善終。

族中子侄後人也有學得此術的，但往往掌握不了其中訣竅，沒變出幾兩黃金就耗盡了陽壽一命嗚呼了。胡兒他爺爺去世後，裕宗皇帝念他有大功於社稷，就封授他家後人罔替的高位顯爵和近畿的良田千畝。可惜他爺爺雖然身懷絕技，卻教子無方，幾個不肖子孫只知道廝混胡鬧，丟了官職不說，還敗光了家產，隔一代傳到胡兒手裡只剩下個有名無實的勳貴頭銜。同住在內城裡的達官顯貴連同奴才下人們雖然當面仍叫他一聲爵爺，背地裡卻都只喚他胡兒。

胡兒馬越

胡兒和他的父輩們一樣是個不學無術的紈褲子弟，每月朝廷發給勳貴的一點兒米祿都被他拿去喝酒賭錢，家中生計全無。出身梨園的結髮妻子不願跟他過這有天沒日頭的糊塗日子，頭年就跟一個江南販茶的商人往南方了，只留下了一個半大的孩子，名叫莫爾。胡兒這人雖然遊手好閒，但是爲人重義好俠，在大都城中結交了不少意氣相投的朋友。其中與他最爲親密莫逆的，莫過於南城的馬越。

全大都城的人都拿藍眼睛、鷹鉤鼻的胡兒當喪門星、滾刀肉，人人都拿他取笑，也唯獨馬越肯眞心實意拿他當遇人不淑的沙灘龍、平陽虎。這個馬越雖不是那內城裡的高官勳貴，但他家世代行賈經商攢下了不小的基業，是個十分殷實的富戶。他與胡兒自幼就相識，從小就一起在城中幹些飛鷹走犬的紈褲勾當攬和得門裡門外的街坊商戶不得安寧。長大了更是一起聲色犬馬、紙醉金迷，練拳比武、賭錢嫖宿無所不用其極，兩人有時在瓦肆勾欄裡打茶圍吃多了酒，相互攙扶著到馬越家同床昏睡。兩人在外的嫖資賭債也都不去細分算，大多由馬越一人償付。久而久之，大都城裡的人都把糊裡糊塗、分不清楚你我的東西都叫成「胡兒馬越」，或言今日成語「猴年馬月」就是這句元朝俗語的音變，河南、山東一帶的地方，至今還會說「胡兒馬越」。

旁人拿這話當面揶揄胡兒時，胡兒都玩笑道：「我家祖傳點石成金的本領，馬越什麼時候讓我還錢，我只揮揮手就能變出萬兩金子來還他。」每說到此，眾人都會哄堂大笑，罵他瘋。

馬越雖然整日和胡兒廝混，馬越的夫人馬藍氏卻是個賢慧停當的好堂客，家中事務事無巨細一應由馬藍氏操勞。胡兒不事勞作，專在外面吃喝嫖賭、逍遙快活，用的都是馬家的錢。馬越雖從不對胡兒有過任何不滿，可馬藍氏卻一向反感他。更何況，一年中丈夫馬越跟胡兒在一起的時間，比自己還多出大半。這馬藍氏正當如狼似虎的年紀，卻因那教人學壞的胡兒，自己整日沾不到夫君的邊，那胡兒倒常與自家夫君合衾，她怎能不積怨？外面還有人傳說胡兒、馬越兩個有那分桃斷袖的勾當，一個丫鬟不知從哪聽來了在馬家下人裡學嘴，不料被路過的馬藍氏聽到了，氣得馬藍氏七竅生煙，把那個丫頭狠狠打了一頓還不解恨，又把她賣到城外一家專接待大兵最髒的私娼裡才作罷。

久而久之，馬藍氏雖面上不顯露對胡兒的厭惡，心裡就想要離間拆散這對形影不離的好朋友，費盡心機想要在他倆之間弄出點嫌隙來。

下棋

一天胡兒一覺睡到晌午，起床翻了一通麵袋米缸，發現家裡早已斷了米麵糧食。餓得難受，就想到去馬越家「化緣」。不巧那天是月底，馬越出門去自家各處的生意鋪面盤點對賬去了，家中只有馬藍氏做主。馬藍氏知道月末胡兒的俸祿告了罄，是必要來她家討飯吃的，馬越在家時一貫是好酒好菜好招待的。

今天她當了家，卻只吩咐下人給他端上一盞釅釅[1]的六安茶，偏不給他上飯菜點心。濃濃的釅茶是刮油水的良藥，胡兒是越喝越餓，等了半晌也不見上點心，肚子裡面咕咕作響，自覺無趣，起身就要告辭。

1、釅：音宴，意為味道濃厚、顏色深。

馬藍氏見他要走連忙留他：「爵爺莫走，奴家一人在家甚是無趣，不如爵爺陪我打兩盤雙陸吧？」（元明時期流行的一種棋類遊戲）也不由胡兒推卻，馬藍氏就吩咐丫鬟拿出了瓜果點心和棋子棋盤。

胡兒正餓得兩眼發暈，見丫鬟端上來的那幾樣，皮兒酥破了的栗子餅、餡兒外漏了的羊肉角，還有幾張小麵餅上塗著厚厚的釀蟹膏，誘人得很，看得胡兒口水直吞，哪裡還走得動路。何況這一眨眼功夫，馬藍氏連棋具都準備好了，胡兒也不好拂了她面子推說不下，索性就又坐下邊吃點心邊和她下起了雙陸棋。

棋盤擺下，馬藍氏看看只顧狼吞虎嚥吃點心的胡兒莞爾一笑說：「叔叔，奴是婦道人家。棋盤上來往交錯的，怕是多有不便。」說著馬藍氏從頭上拔下兩支簪子，自己手拿一支，又遞給胡兒一支，「暫用這簪子來撥弄棋子，省得沾碰了手腳，讓底下人笑話。」

胡兒正吃在興頭上，也沒聽她說什麼，嘴裡塞著點心說不出話，只鼻子「嗯、嗯」胡亂答應了兩聲。待胡兒吃飽喝足，這才開了棋局。

幾盤棋下來，令胡兒想不到的是，馬藍氏雖是個足不出戶的婦道人家，卻打的一手好雙陸。棋逢對手，分外有趣，馬家院裡看懂看不懂的下人奴僕也紛紛都來圍觀，平日裡治家甚嚴的馬藍氏看這些下人那麼沒規矩，肯定會厲聲訓斥，可此時也只管下棋不去管他們。不知不覺中兩人下了十幾盤，到了傍晚時分，馬藍氏又招呼胡兒用了一餐酒菜，胡兒才告辭回家。

再說馬越，他攜著算盤到自己家的幾個鋪子對了一整天的帳，身心俱疲，也無心出去找胡兒鬼混，夜市上胡亂吃了一碗餛飩，便逕直回到了家中。

馬越一回到家，只見自己媳婦趴在床上慟哭不已，就問她：「我還活著哩，你卻哭什麼？」馬藍氏也不理他，只管哭。畢竟是結髮的夫妻，馬越見夫人哭得傷心，心裡也不太舒服，再三問她發生了什麼事，馬藍氏才哭著說道：「我娘家陪送給我的赤金簪子突然不見了。」

馬越知那簪子是她最珍視的體己物件，自己平時也輕易摸不得，便問道：「今日可有誰到家裡來過？」馬藍氏忙說：「還能有誰，只是那窮神老爺托生的胡兒來過。便是他拿了我的簪子擺弄做耍。」馬越不信就喚來了家奴院工，一一詢問，下人們都說見胡兒來過，也都見胡兒拿過夫人的簪子。

馬越還是不信胡兒拿的自家金簪子，便為胡兒開解道：「便是我胡兒兄弟來過，他也絕不會拿我家的東西。」轉身對下人們說：「定是你們這些吃裡扒外的狗奴才，拿了夫人的東西還想嫁禍我兄弟。是誰拿了夫人的簪子，快交出來！」說罷抬手就要打馬藍氏房中丫鬟。

馬藍氏見他要打自己的下人，連忙攔住他說：「你若不信，就去問你那窮神兄弟，他若說沒拿你再回來打罵我們娘們不遲。」馬越說她不過，只好作罷，許諾明日一早就去胡兒家詢問，馬藍氏才應聲停了哭鬧。馬越爲了平復她心情，連哄帶抱把馬藍氏弄上床，咬著耳朵跟她說了些甜的蜜的，馬藍氏才破涕爲笑。當晚略去不表。

還簪

第二天一早，馬越就梳洗整齊往胡兒家去了，到胡兒家時那好吃懶做的胡兒尚在被褥中賴著。馬越一把就掀了他的被子，嚇了胡兒一個激靈。一睜眼見是馬越來了，胡兒趕忙起床更衣起來招呼他，一邊收拾洗漱一邊笑罵道：「我的兒，你爹多睡一時回籠覺你就要掀爹的被子，有沒有一點兒孝道了。」馬越聽他罵自己也不惱，一提手中點心笑著就回嘴道：「乖兒，你爹一早就起來給你買了早餐點心，你倒好，日頭曬屁股了還在睡，倒是誰不講孝道？」笑鬧了一會兒，胡兒吩咐兒子莫爾去燒水點茶，兩人圍坐在桌上分食馬越帶來的點心，幾根酥脆的油炸鬼、幾塊晶瑩的羊油糕，解饞又解飽。

吃罷點心，馬越也不避諱，開門見山道：「哥，你昨日裡可是到我家去了？」胡兒連忙點頭稱是道：「哥你昨日不在家，我還和馬家嫂子打了一時雙陸。」馬越又問：「我家那母夜叉最心愛的赤金簪子昨日晚上尋不見了，你可曾看見？」

胡兒乍聽了先是一驚，不知道馬越怎麼沒來由地問起簪子來了？轉念想了一時，才明白過來箇中道理。原是那婦人存心要嫁禍自己，昨日她留自己打雙陸用金簪子代手，還縱容下人圍觀，她家的丫鬟老婆連同家奴院工全部眼見自己拿了簪子。自己若說不知簪子的事恐怕馬越心中會存疑，壞了他倆至誠的兄弟情義。他只一瞬就收起臉上的驚詫與疑惑，一拍腦袋，眯起眼睛憨笑道：「嘿嘿，昨日我看嫂子頭上簪子好看，就要來把玩了一時，戴在頭上忘了還回去。」說完還在懷裡、袖裡四處摸找一陣，對馬越說：「你且回去，昨晚吃多了酒，不知把嫂嫂的簪子放在哪裡了。我一會兒尋著了，讓莫爾拿著簪子再買上些禮物去給嫂子賠罪。」馬越一聽心中豁然開朗：「我早就和我家那賤人說，我胡兒兄弟雖光景不好，但也絕不會做那不忠不義的事。」胡兒聽後一陣苦笑。馬越邀胡兒出去吃酒，胡兒推說身上不舒服，兩人又玩笑了一會兒，馬越才告辭回家了。

馬越回家後，指著她老婆就罵了一頓：「你這婊子，胡兒哥只是借了你簪子玩玩又不是不還，你卻拿那小人之心，度那君子之腹，骯髒我兄弟。一會兒我大侄子把簪子送還回來，你看你羞是不羞？」馬藍氏聽完一驚，她心知自己簪子昨日胡兒走後明明壓在了床底箱中未曾取出，那窮得叮噹響的胡兒從哪來的赤金簪子。但又怕自己離間胡兒馬越的陰謀敗露，只好在一旁賠笑。

傍晚時分，胡兒的兒子莫爾帶著胭脂禮物來到馬家，給馬越、馬藍氏請完安後，把禮物放下。全都是些吃食，一盒栗子酥、一包羊肉角，還有一小罈泥封了的，莫爾說是釀蟹膏。馬越看了，佯怒地罵：「你達近來越加地不像話，許是祿米新發下來，又不知道怎麼敗了，給我買這許多吃的做什麼？我這裡缺嗎？」莫爾諾諾，馬藍氏吩咐下人去收好。

莫爾接著又顫顫巍巍地從腰中取出了一團紅布，紅布裡包著一支金光閃閃的赤金簪子，鐫龍刻鳳十分精美，比馬藍氏的那根還要好些。馬藍氏見簪子做工精美，忍不住拿起戴在了頭上，吩咐丫鬟拿來鏡子，左看右照。馬越見她扭捏作態的樣子，哈哈大笑，給莫爾打了賞，還讓下人給莫爾準備了菜飯果子。莫爾用罷了才告辭回家去了。

自此後幾天馬越總不見胡兒來找他，有些煩悶。跟別人出去廝混，總覺得有些不稱意，心中就想胡兒，幾次去胡兒家中找都吃了閉門羹。

一日馬越正在坊中閒逛，迎面撞到了胡兒的獨子莫爾拿著米袋出門買米。

莫爾見是馬越，就要躲閃。馬越一眼看到是莫爾，就一把拽住他，問他：「我的兒，你跑什麼？」莫爾躲不開了，只好對馬越說：「只顧趕路沒望見馬爹，馬爹莫怪。」馬越和他爹交好，也不與他計較這些，便問他：「你達這幾日到哪裡浪蕩去了，怎地不見影了。」莫爾答道：「朝廷在淮南設了幾處鹽道衙門，鹽道是要缺，官家不敢任用外官，就選派了幾家勳貴去赴任。官家可憐我爹在家賦閒，就把我爹發往淮南赴任去了。」馬越聽聞胡兒去淮南就任肥缺，居然不跟他招呼，大發雷霆，罵他不把自己當朋友，莫爾見他發火只好默默聽著也不作聲。馬越罵了一陣，見身邊人都側目看他，自覺無趣，於是拂袖而去。

馬越回家生了一陣悶氣，直罵胡兒不夠義氣。可這事兒不禁琢磨，他罵著罵著便覺得有些不對勁兒。他與胡兒自幼交好，可以說是無話不說，胡兒若是去江南上任肥缺不可能不跟自己炫耀一番，怎麼會照面都不打就不辭而別？心生疑竇的馬越就去找人打聽，官廳裡的人說官家的確外派了幾家勳貴去淮南，馬越的心涼了大半。

可他還不死心，又託官廳裡的朋友弄出了當月的邸報（古代由朝廷發行向各級政府機關傳遞通知的文書）來看，邸報確有選派淮南鹽道勳貴的一篇，可那委員名單從頭看到尾，並無「虎爾花奴」四個字。

看罷邸報，馬越才知被莫爾騙了，懷揣著邸報逕直到胡兒家去找莫爾算帳。一進門來，莫爾見是馬越來了，馬上放下手中活計來，招呼他吃茶。馬越家裡常年喝的江南新茶，哪裡吃他家陳年的粗梗碎葉，只抿了一口就佯笑問他：「我的兒，你爹赴任何時歸來啊？」莫爾恭敬答道：「回馬爹的話，鹽道要任，告不了假，估計此任要三年期滿才能還朝吧。」馬越見莫爾還在編話誆他，很是惱怒，起手給了他一耳光，掏出邸報砸在莫爾臉上罵道：「你這娘生舅養的小兔種，你是要騙誰來，你且看這邸報上選派江南鹽道的人名裡可有你爹？」

莫爾見他知了實情，知道再瞞騙不過他，一下就哭了起來。馬越見他哭，連忙問他：「你這孩子卻哭些什麼，快說，你爹他到底哪裡去了啊？」

莫爾用衣袖抹了抹眼淚，抽泣道：「我爹他……他現在馬家嬸子頭上戴著呢。」

既濟壺

龍吐珠

相國寺門口街市上賣胭脂珠珞的小販們恨死了小韃子。

這些小販的生意專指望著初一十五廟會時大戶人家的大姑娘、少奶奶捧場。大宅門裡女眷們平日裡大門不出、二門不邁，一來手裡有錢又沒處花，銀子最充足；二來她們雙手不沾陽春水，自然也不知道外面街市的物價，小販們嘴甜一點的話一盒胭脂一兩銀子也是賣得出去的。

可自從小韃子來了東京汴梁之後，小販們的好日子到頭了。全城大戶人家的大姑娘、小媳婦每逢廟會也不再扎堆去廟門口買這些胭脂水粉，一出宅門就都逕直跑到勾欄裡去圍觀小韃子。姑娘們實在要用胭脂水粉時，也都是差遣丫鬟下人們出來買，一盒胭脂小姐們肯出一兩銀子，可跑腿的丫鬟小廝不比深居閨中的大姑娘、少奶奶，最會剋扣還價，十個大錢買一盒胭脂，還要你饒一塊眉黛。

這小韃子究竟是何方神聖？能讓小姐奶奶們連胭脂水粉都不再上心，冒著被罵不檢點也要進勾欄去看他呢。小韃子不是說書賣唱的，也不是打拳練棍變戲法的，而是個踢球的蹴鞠健兒。沒人知道他姓名籍貫，街市上的人憑他一口北京大名府口音斷定他從北邊來，故給他取了個諢名喚叫小韃子。他一頭長髮烏黑油亮，健碩的肌肉泛著古銅色的光澤，皮球只要一到他腳上就彷彿被黏住一樣，任他上下左右如何擺弄都不脫落。

小韃子的絕技喚作「龍吐珠」，他古銅色的肌肉上紋著一條爪牙猙獰的昇龍，怒張著一張血口，那龍尾巴盤在腰上，龍爪佈滿全背，在場上踢球時背後的肌肉隨著抖動，那條蛟龍也彷彿活了一般盤旋上升。將球運到肩上，用力一聳球便升入門中，那球彷彿是從肩頭怒龍的口中吐出一樣。每逢廟會東京汴梁城闔城空巷，都只爲了一睹這「龍吐珠」的風采。

龍吐出珠子來，全場的叫好聲從相國寺勾欄都能傳到皇城裡去，坊間傳聞連宮裡趙官家都曾微服出訪來看小韃子這「龍吐珠」。每逢廟會散場時，欽慕小韃子的夫人、小姐們便會讓人往勾欄裡扔些金珠玉珮，一場廟會下來小韃子的出息何止千兩。雖然收入不少，但小韃子似乎對錢財不甚貪戀，每次收到的打賞錢財，他都大方地分給勾欄裡的幫閒夥計，只留下小半補貼家用，也因此市坊裡的人沒人不說他的好。

醜妻

這小韃子雖然身懷絕技又健美英俊，城裡的青樓名妓、富家小姐不知有多少傾心於他，但他卻對家裡的糟糠妻子不離不棄。他那從北邊帶來的妻子蓬髮皺皮、身形佝僂，幾乎是個年老色衰的老嫗，兩人站在一起時簡直如老母帶著兒子一般滑稽。可小韃子對妻子十分專一，雖然追求、欽慕他的女孩兒很多，癡迷他到「但求一夜露水夫妻」的都大有人在，但他卻能「萬花叢中過，片葉不沾身」。他平日裡與夥計們在外踢球玩耍打熬力氣，每逢初一十五的大日子一定回家陪伴妻子，從不做拈花惹草的勾當。因此，市坊裡的人也都傳頌他不棄糟糠之妻的美名。

小韃子踢球時引得太多人來看，開封府的府尹老爺原本嫌他聚眾喧鬧、有礙觀瞻，有心要把他整治一番再驅逐出境，但從衙門裡的小吏們口中聽說了他仗義疏財、不棄糟糠的事蹟，竟然對他生出了幾分欣賞，誇了他一句「江湖義士」。

此後，府尹不但沒有干涉取締他勾欄裡的球場，反而時常委任他一些維持市坊、仲裁斤兩的小差事，平日裡花他錢財、受他好處的宵小幫閒們也因此都恭維他一聲「節級」[1]。酒樓茶肆裡譏諷朝政的人時常會講一句：「本朝以蹴鞠治國，白虎堂裡坐著一位蹴鞠太尉，相國寺外立著一位蹴鞠節級。」分別講的就是伺候皇上蹴鞠的高俅高太尉與小韃子。

如此這般轉眼七、八年過去，開封府的府尹老爺換了兩任，當年給小韃子扔金擲銀的小姐們也都挽起頭髮變作了人婦，當年給他拍手叫好的市儈們滿頭的青絲裡也生出了白髮，而小韃子卻仍是一副英俊的少年面孔、一身健壯的結實肌肉、一頭烏黑油亮的黑髮，風采不曾稍減。

人們都去問他有何養生妙招能保養得如何之好，小韃子或是矢口否認，或是胡亂對付幾個古怪的偏方。他越是含糊不說，市井裡的人便越是好奇。一次小韃子帶著自己的夥計們球場上大勝了洛陽來的一隊蹴鞠健兒，趁高興他多喝

1、節級：職官名。古代軍中的低級官員。

了幾杯，酒醉時無意間吐露了一句：「我祖傳一只既濟壺，有它便能保青春永駐、長生不老。」

多數人只當是他醉後的胡言亂語，也有眼紅他英俊健壯、日進斗金的雞鳴狗盜之徒把這話當眞，想盡辦法到他府中盜取，可是這班人翻箱倒櫃都不見小韃子口中寶壺的蹤影。一開始遭竊時小韃子和他的醜妻還會去報官，後來兩夫妻不厭其煩，乾脆就不予理會，任其來找。若在街上遇到那幾個整日來翻找盜竊的少年，小韃子非但不惱，還會揶揄他們幾句：「渾沌魍魎，我酒後的胡言亂語你們也去相信？這世間哪裡有這長生不老的神器？眞要有那樣的東西怕也要獻給趙官家，怎麼會在我們平頭百姓手裡呢？」時間長了竊取不著，也就沒人再去翻找了。

三月二十八是東嶽帝君的壽辰，泰山底下有一場天下第一大的廟會，小韃子的蹴鞠作爲東京城裡頭一份的絕技自然要去獻藝。小韃子夥同一眾東京勾欄的人前腳剛走，東京城裡就天降大雨，勾欄裡的人都恭維小韃子說：「龍行有風、虎行有雨，節級你可眞的不是凡人。」

書生

可巧一個延安府來的算命測字的書生在市坊裡無處安身躲雨，誤打誤撞到了小韃子家門口。外面雷雨交加，書生困在了小韃子的家門口，書生渾身衣物書籍都被淋了個透濕。濕冷難受的書生不得已只好叩打了小韃子家的門環叫道：「小生是延安府秀才白某，路過貴府想叨擾躲雨，請主人行個方便。」

醜妻聽到有人叩打門環，便跑到門房裡來，一聽是外埠的生人聲音，隔著門縫一看來人手裡還拿著一面「算卦測字」的幌子，覺得不是什麼正經人物，便隔著門對書生說：「我家男人不在家，我一個婦道人家不方便接待，請客人原諒則個。」

書生見主人不肯，又礙於男女大防，只好不再作聲，在門外屋簷下蹲下暫歇。醜妻透過門縫看去，門外人雖然做的算卦測字的生意，卻不是形容醜陋的算命瞎子，而是個面如冠玉、目如朗星的俊俏書生，醜妻正看得入迷，突然聽到門外連著幾聲「啊嚏」，想來是那書生被淋濕後著了涼。

看那身形單薄的書生連聲噴嚏，醜妻不免動了惻隱之心，咳嗽一聲搭訕問道：「門外客人，你自說是延安府秀才，爲什麼手裡卻拿著算卦測字的幌子？」書生答道：「大嫂見笑了。我家境貧寒，早年間靠家裡的幾畝薄田供養專心讀書，僥倖在州試考中了個秀才。前些年北國南犯，我全家被害，家財也被洗劫一空，我雖苟活但也只能離鄉逃難。所幸少年時曾跟家父學過些測字、相面的本領，所以打著這面旗子，一路討食進京。」說起淒慘家事，書生不禁落下幾滴珠淚來。

同是從北邊逃難南來的醜妻對書生的悲慘經歷感同身受、大爲觸動，同情讓她放鬆了對書生的警惕。醜妻從家中拿出了炭爐、手巾、熱湯、點心等物放在門廳裡，然後隔著門對書生說：「小相公，我有心讓你進屋避雨，但是你們讀聖人書的應該知道男女大防、非禮勿視的道理。我這裡爲你準備好了取暖烘乾的一應物什放在門廳裡，等我退到二門裡敲十下門板，你便進來取暖烘烤吧。」書生聽罷大喜過望，連聲應允。

醜妻放下東西返回了二門裡如約定敲了十下門板，書生也應聲進到了門廳裡，再次告擾謝過以後，書生用手巾擦去了身上的雨水，一邊用炭爐烘乾自己濕透了的衣服，一邊狼吞虎嚥地吃著醜妻拿來的點心。醜妻在門裡聽他吃點心吃得聲響很大，不禁噗哧笑了一聲，書生聽到她笑，羞臊地紅透了臉，「小生多日未曾飽食，大嫂見笑了，見笑了。」醜妻只回應道：「不妨，不妨，相公慢些吃，別噎著就好。」

就這樣，兩人你來我往地聊了幾句閒話，書生提出要幫醜妻推個八字命盤來報答收留款待之恩，醜妻先是不願意，經不住書生堅持纏問便報上了自己的八字。書生掐指算算，便把醜妻一生出嫁、父母去世、南逃的這些流年大事推算得一個不差。

醜妻萬沒想到這個書生竟然眞的有推算命數的本領，心裡雖然驚奇，但嘴上卻仍規勸道：「相公應知，給人看相測字雖然可以弄得幾個小錢度日，但畢竟是偏門末流，始終不是長久生計。我聽相公講話也是個讀書識禮的人，今後還是要專心勉學於科舉正途才好。」

書生隔著門板在門房裡聽了醜妻的這幾句教訓，羞得面紅耳赤，連聲答應：「大嫂教訓得是，小生今後一定勤於學業、專心應舉。」過了一會兒醜妻又透過門縫扔進門房裡兩片金葉子對書生說：「我平日裡從不出門，所以手裡存有的幾個體己也無處去用，你我有緣在此相會，又蒙你爲我推算了命數，所以拿這些許錢財贈與你做助學之資。你不必再四處給人算命測字謀生，回去專心讀書，這些足夠你撐到明年開封府鄉貢。」書生聽罷感激地連聲道謝，激動地對醜妻說：「多謝大嫂，多謝大嫂，我今後一定努力讀書應舉，今後得了功名再來報答恩情。」

雨停後，書生對醜妻說道：「大嫂，我平日裡在城外寺廟傳法院裡借宿，你若有急事可以到那裡去找我。」門內沒有回覆，書生邁步走到了門外，心懷感恩地對著門房行了個禮後才轉身離去。書生門口行禮的這一幕剛好被街坊看見，有好事者便把醜妻留宿測字書生的事情傳將了出去，還添油加醋編成了豔情故事在市井中流傳很廣。

毒打

小韃子在泰山廟會上大意輸了球，本來就是一肚子的惱火，一回到東京又聽得滿街都在說自己家裡醜妻的風流傳言，更加惱怒起來，回家不問青紅皂白便抓起醜妻頭髮責罵：「你這賤人，趁我不在時怎麼勾搭了野男人？我出去掙錢養家，你這醜貨居然敢讓我做王八。」醜妻忙解釋道：「當家的你別動氣，那日天降大雨，那路過的書生想進來避雨，奴家只把門房借給他用，奴家與他始終隔著一扇門，並不曾見面。」小韃子哪裡聽她解釋，拿起燒爐子的火筷子便抽向醜妻。醜妻佝僂瘦弱的身軀哪裡禁得住身強體壯的小韃子這頓鞭打，整個坊中迴響著醜妻撕心裂肺般的嚎叫。等小韃子打消了氣，醜妻已經滿身傷痕、奄奄一息了。

小韃子打完醜妻便把她丟在家中不再理會，準備任其自滅，自己跑到勾欄裡找人玩耍去了。但過了幾天，也許是念在這麼多年的夫妻恩情上，小韃子還是花了重金來請大夫醫治醜妻。所幸請來的大夫妙手回春，幾天後已經快被打死的醜妻被醫好。小韃子對她彷彿比從前還要好，夫婦倆在外人面前還是裝出一副琴瑟和鳴、舉案齊眉的恩愛模樣。

一日小韃子受邀去洛陽踢球，留醜妻一人在家留守。醜妻經上次被小韃子打了半死，心裡早已對小韃子失去了夫妻之情。待她確定小韃子走遠了，立馬從家中牆壁磚縫中拿出了一些銀兩與一冊抄本，飛也似的奔往城外傳法院。

到了傳法院，醜妻把帶來的銀兩悉數交給寺中僧人做香火錢，還沒待僧人謝過她便迫不及待地問僧人：「師父，此間可有一個延安府來的白姓書生。」僧人想了一下說有，轉身到客房幫她叫出了書生。那書生從客房裡面走出來，手裡還拿著一卷話本。

看到這個蓬頭皺面的老媼，書生面露疑惑地問道：「大娘認得小生？尋我有何貴幹啊？」醜妻有些失落地反問：「你一月前可曾在開封城裡避雨？有人給了你兩片金葉子嗎？」書生一聽驚道：「啊，你便是那日留我避雨還贈我資財的大嫂嗎？」醜妻點點頭說：「正是奴家。」

書生那日聽得門內聲音分明是個中年婦人，今日來的卻是個垂暮老媼，心中大爲驚奇。但來人對前事講得清楚，仔細聽音辨認也的確是那日門內規勸自己好好讀書的婦人聲音無疑，一見是幾日前收留、資助自己的恩人來到，書生連連作揖道謝。那老婦指著書生手裡的話本道：「相公果然在此刻苦讀書，也不枉奴家挨了這一頓險些喪命的打。」書生聽她這麼一說，臉上一紅，自己手裡的話本是消遣的讀物，婦人卻把它當作了科舉用的聖賢書，但自己蒙人資助自然不好承認自己在讀閒書，只好紅著臉把話本掖回袖中順著她說道：「小生蒙大嫂資助，自當專心學業，刻苦讀書。」

收起了話本以後，書生又轉而關切道：「大嫂剛才說險些被打死是怎麼一回事？」那婦人才要開口哭訴，只見四面的僧人都直勾勾地盯著兩人看，書生意識到這裡畢竟是佛門靜地，一男一女在此交談過密甚是不妥，於是紅著臉對醜妻說：「大嫂，這裡不是講話的地方，咱們出去找個清靜地方再敘吧。」

兩人走到寺外涼亭落座，書生問道：「前日在貴府叨擾十分唐突，還未請教過您府上尊姓。」醜妻道：「我們勾欄裡的人家，不敢稱個尊字，平日裡也不講究什麼姓名，我外子諢名叫小韃子，街坊裡都跟著叫我小韃子家的。」書生聽醜妻報完家門後嘖嘖稱奇：「原來相國寺勾欄裡第一紅人小韃子是您的丈夫？」醜妻點了點頭。

書生又問：「大嫂剛才說險些被打死，是怎麼一回事啊？」醜妻道：「白家相公，實不相瞞，奴家前些天因爲在家收留你，險些被我丈夫打死在家裡。我自知遲早是要被他打死的，如今已經斷了生念，只是心裡氣不過，只想要報復我那冤家。今天冒死前來就是想把他最珍貴的一件能夠讓人長生不老的東西交給相公，以解我心頭之恨。」書生一聽醜妻要把小韃子最珍貴的東西交給自己，兩眼放光問道：「大嫂說的珍貴之物，莫不是可以讓人長生不老的既濟壺嗎？」

醜妻搖搖頭道：「他對人說有什麼勞什子壺，我與他夫妻二十年也不曾見過。」語罷她從懷中拿出了一冊已經被翻得泛黃的抄本，「壺雖不曾見，但他一直最金貴的是這冊抄本，他要翻看時連我都要瞞著。前兩天夜裡我被蚊子叮咬醒來，迷糊間看到他在牆角翻弄這冊抄本，我怕他打我沒敢出聲，只裝睡不動看著他把書放回牆縫裡，才知道他藏書的地方。」

說罷醜妻將抄本交給白書生，她看書生接過書翻看了兩頁先是輕蔑地輕哼了一聲，本要抬頭說些什麼，看了自己一眼又搖搖頭無奈地繼續翻看。看了幾頁之後，書生先是皺了皺眉頭，又過了一會兒書生低聲吟了幾句：「原來如此，原來如此。」緊接著白書生掐指算了一算，一拍大腿高聲叫了起來：「這便對了，這便對了。」合上抄本的白書生搖頭晃腦地對自己微笑著，一副大道得證的頓悟模樣。

鶴守

白書生雙手接過抄本來看時，只見上面寫著五個大字——玉女驗方鈔，這類採陰補陽煉內丹的抄本他這兩年做算命先生行走江湖自然是見過不少。這些書講來講去無非是講玄之又玄的陰陽調和大道，把這些書奉若圭臬的，除了招搖撞騙的江湖騙子，就是想拿男女修眞爲自己淫亂生活遮羞的浪蕩子弟。

白書生才看了幾頁就不耐煩起來，想要告訴醜妻這書是沒什麼大用的妄書，但抬頭一看醜妻滿臉的期待表情，想到這是她冒著被打死的風險才偷出來的，自己又不好直接駁她的面子、戳破她的幻想，只好又耐下性子來低頭繼續翻看，心裡盤算怎麼委婉地和她解釋這書並沒有長生不老的神奇效用。

哪知白書生越看越覺得這冊抄本不簡單，這書不是以往見過的那些採陰補陽的空頭教條，而是某一內丹法門幾百年來的實踐經驗總結，體位、時長、所需服用的藥物都有細緻記錄。頭幾頁是兩漢的經文原著，中間幾章解說從文風來看是唐人的手筆，緊接著大段的章目用的是浮靡爭巧的五代駢文，最後幾頁文白混雜的補充乾脆就是本朝崇甯、大觀以來的近人手書。可怕的是，書中跨越了六百年的三個作者以祖孫相稱，這也就意味著這祖孫三人每人最起碼活了兩百年以上……

此書的修煉方法與其他鼓吹收集大量女性進行濫交式採陰補陽的內丹法截然不同，講究的是與同一女性長期交媾，書中美其名曰「鶴守」，意爲像鶴一樣一夫一妻地相守。從唐到今的幾輩人、幾百年來總結出修煉此法門最重要一點——要尋找萬中無一的獨特體質的女性，把她作爲水火既濟的容器長期與之交媾，以期達到採陰補陽的功效。書中把這個萬中無一的特殊女體，形象地稱之爲既濟壺。

白書生抬眼看了看醜妻的身高相貌，又結合她之前告訴自己的生辰年月算了一下，長吸了一口氣，鄭重其事地對醜妻說：「大嫂，書裡講能夠讓人長生不老的神器確實存在。」

醜妻聽罷眼睛一亮道：「哦，那你快說，那什麼壺藏在哪裡，咱們快去將它取將出來吧？」白書生一指醜妻道：「按照這本書裡所講，這能讓人長生不老的既濟壺，正是大嫂你！」

醜妻聽了不明所以，以爲書生讀書看癡了有些惱怒地嗔道：「啐，我一個大活人，又不是物什，怎麼好說我是什麼唧唧壺？」

書生只好又把男女陰陽調和、水火既濟的大道理與這本抄本中的要義跟醜妻講了一通，可醜妻一個目不識丁的婦道人家哪裡聽得懂這些，只是搖頭不信。

書生見自己說了半天醜妻都不肯信，彷彿還聽不懂自己在說什麼，想了半天不知道怎麼向她解釋才好，急得抓耳撓腮。稍事冷靜了一下之後書生嘗試換一種思路反問她道：「大嫂今年貴庚？」醜妻答道：「前番算命時不是對你說過？三十八歲。」她話音剛落白書生便激動地反問道：「大嫂！你就從沒想過，爲什麼你不到四十的年華便成了垂暮老嫗的尊容，而他年逾天命卻還是少年模樣?!」

醜妻被他這麼一說，抬手摸了摸自己如樹皮般枯皺的皮膚，心裡開始有些動搖，但彷彿還是不肯相信自己就是傳說中的「既濟壺」這種匪夷所思的說法。還沒等醜妻徹底反應過來，書生又連珠炮般地追問了一堆：「他是否只在初一十五的月圓、月缺時與你同寢？他與你行房時是否一向是頭朝東南、背對西北？他在行房之前是否會服用一劑湯藥？」只有夫妻間知曉的床笫之秘被白書生這個外人一一道破，醜妻方知道他所言的確非虛。

接受了自己就是既濟壺這一事實的醜妻頓時痛哭起來，她聲淚俱下地向白書生哭訴道：「原來他與我相守這麼多年，並非是眞的愛我，而是從一開始就把我當成了採陰補陽的物什而已。我畢恭畢敬地伺候他幾十年，哪知道他卻狠心採取我幾十年青春年華。」說到傷心處，幾乎泣不成聲。

書生安慰醜妻道：「大嫂你也不用太過傷心，根據這書中記載，能夠讓人永駐青春的陰陽之精其實是可以倒轉回女體的，他採取你的青春年華你是可以連本帶利要回來的。」醜妻原本正哭得傷心，一聽可以把自己被採取的年華連本帶利要回來，趕忙不再大聲痛哭，改爲了小聲抽泣，聚精會神地聽書生講解。

「這書中最後的注意事項中講，採取的全程必須保持乾上坤下的體位，採取的最後時刻必須保證精元不洩，否則就會引起反轉，修煉者歷年採取的功勞都會功虧一簣。因此，你只需在行房時把握好時機倒轉乾坤，逼他洩出精元，便可以將他之前歷年採取的陰陽之精原路引回。按照他與你行房的規律，本月十五月圓之夜就是讓他還債的好時機，到時候你我如此這般……」

書生利用書中所載的注意事項反向推導出了女體索要回被採取陰陽之精的方法，並耐心地用通俗的語言把具體的操作方法解釋給她聽，兩人相約十五當夜如果陰陽倒轉事成便一起夜奔出逃。書生當夜到門外接應，約定仍以避雨那天一樣，醜妻敲十下門板爲可以進門的信號。

酒源

醜妻回去後把書與銀兩放回牆縫中的原處，裝作什麼都沒有發生過一樣，小韃子從洛陽回來後仍照舊每日細心服侍他沐浴飲食。到了當月十五，小韃子幾十年來一直按照自己的方法蹂躪醜妻從未遇到過反抗，自然也就放鬆了對醜妻的警惕，沒有防備地寬衣行房。

醜妻按照白書生教導的方法在關鍵時刻倒轉了乾坤方位，用盡渾身力氣死死抓住小韃子任他如何捶打推搡都不放手，逼他洩出了元陽。事成之後醜妻按照約定敲了十下門板，早已埋伏在門外忐忑等待的白書生一聽到信號馬上破門進來。

白書生進房時，曾經英武俊朗的小韃子已經癱在了床上動彈不得，開始抽搐萎縮。看著在床上痛苦掙扎的小韃子，白書生是又驚又喜，驚的是這世上居然眞的有能吸取人青春的左道邪術，喜的是自己反向推演的方法居然完美奏效，自己的恩人大嫂可以重返青春逃離小韃子的魔爪了。

醜妻與白書生七手八腳地收拾了些細軟行李，便連夜私奔南逃去了。離開小韃子家時醜妻尙是佝僂老嫗，走到東京城外便已經恢復成了風韻猶存的半老徐娘，即便是已經知道這採取之術原理的白書生，看著這以肉眼可見的樣貌變化，也不得不驚奇讚嘆此陰陽之術的神奇玄妙。

逃到了淮南以後，兩人拿小韃子過去蹴鞠時掙得的積蓄買房置地，過起了隱姓埋名的安穩生活，醜妻織布耕田，書生專心讀書，生活靠著幾畝田租也十分寬裕富足。說起醜妻，她恢復了青春之後哪裡還醜？分明是個白淨嫵媚的可愛少婦。這小韃子之前眞的是害人不淺，把這麼一個美麗的人物糟蹋成了那番衰老模樣。如今她與書生兩人郎情妾意、男才女貌，自然而然地如夫妻般和諧地生活在了一起，兩人互相之間的稱呼也悄然從「大嫂、相公」變成了「娘子、官人」。

一日，白娘子要尋找一樣從汴梁帶來的首飾，讓書生也幫忙一起尋找，書生翻箱倒櫃時無意間打開了一個包裹，兩人倉皇出逃時白娘子居然把那本《玉女驗方鈔》跟牆縫中的其他金銀細軟一起帶到了這裡。

白娘子尋見了自己想要的首飾便又織布勞作去了，書生則偷偷拿起了《玉女驗方鈔》跑到書房裡翻看起來。書生一邊翻看，一邊感慨，自己這幾年滄海桑田的際遇改變，都是因這本記載了採陰補陽邪術的抄本，如果當初沒有它，自己說不定還在汴梁城外的寺廟裡寒窗苦讀，如今卻成了衣食無憂、佳人相伴的富家翁，眞是讓人唏嘘不已。

翻著書生突然發現了幾頁之前未曾翻看到的地方，此處批註勾畫極多，彷彿是十分重要的機要關隘所在，這引起了書生極大的好奇，他原以爲自己已經盡數掌握了此修煉法門的原理，沒想到還有如此重大的漏網之魚。

書生躲在一旁仔細研讀起來，這一讀不要緊，他從這幾頁紙裡發現了極爲重要的資訊，不禁倒吸了一口涼氣。據那幾頁講，除了長期交媾採取的笨辦法之外，他們還發現了一種速成的方法，可以在一夜之間一次性地從女體壺中採取幾十年的青春。著書的三代人中，第二代成功實踐了這種方法，但他一再說明要慎用此法，因爲這種速成法對萬中無一的既濟壺傷害極大，可能會給女體造成不可逆的傷害，甚至導致其身亡。書中再三警告後人「切記，愼用」。

新發現的資訊讓書生陷入了掙扎沉思，一方面娘子一直以來對自己不錯，兩人一起經歷過那麼多事情才熬到了今天的平穩幸福實屬不易。另一方面，只需一夜就能神不知鬼不覺地為自己獲得幾十年的青春實在太具誘惑了。

因為內心裡不斷掙扎此事，弄得書生茶飯不思，也更無法專心學業了。雖然南逃至此，但白娘子始終讓他不要安於現狀、放棄讀書，日常仍規勸他用心讀書應舉。馬上就要到省試的日子了，可他卻連日心神不寧、無心讀書。

白娘子以為他是考前有些焦慮，一日清早下地幹活之前跑到書房耐心地好言寬慰他說：「相公你不必焦心，你只用專心讀書，用心你的科舉正途。能考上是最好，考不上咱們回家也一樣可以過活。咱們家中有田產，我又有些體己在身邊，生計開銷你都不必擔心。」

平日裡聽了她這些勸慰，書生都感嘆她是個賢良好妻子，可如今他心裡邪念作祟，這些話語全成了令人煩躁的催促，沒好氣地還擊道：「我自幼讀聖賢書，豈不知道讀書科舉是正途？哪裡用你整日裡來多嘴催促！」白娘子看他生氣也沒好再說什麼，書生卻跑到一旁生起了悶氣。

他越想越覺得這女人可厭，他心想：「這女人自己大字不識一個，卻張嘴也是科舉，閉嘴也是讀書，好不聒噪。不僅如此，她還總拿自己的體己財資來說事，難道沒有她的體己我就要沿街乞食了嗎？我好歹也是正途出身的秀才，為人一世連個黃花閨女都未曾迎娶，難道就要跟她一個年近四十的老婦對付一輩子嗎？」書生越想越氣，越想越覺得自己殘生就與醜妻這樣湊合過活實在太過委屈了，於是心下一橫，決心用抄本裡的速成辦法將醜妻既濟壺內貯存的幾十年青春採盡，然後捲走醜妻的體己財產遠走他鄉，盤算著重新開始人生。

他翻開《玉女驗方鈔》，想按照前人經驗推算出最合適的時辰來下手。誰知掐指推算了一下，今晚的酉時三刻就是這幾年裡最好的時機，如果成功就可以一舉採煉得到醜妻二十年的青春。想到這裡，白書生馬不停蹄地進城抓來了書中速成之法所需服用的一應藥材，回到家裡就開始偷偷炮製。醜妻從田間幹完活回到家裡，白書生一改早起的焦躁蠻橫，突然換了一副面孔，溫柔地對她說起了花言巧語，可沒說幾句話，就猴急著想要需索交媾。醜妻剛從地裡回來還沒曾梳洗飯餐，搖頭不語想要拒絕。白書生一見需索勸誘不得，馬上兇相畢露拿起醜妻剛放下的農具一擊將她打暈，拿出繩索將醜妻捆綁了起來就要用強。

就這樣，白書生按照書裡的方法服藥後準時準點地在酉時三刻順利地與醜妻交媾成功。事畢之後，白書生發覺這禁斷的法子果然不同凡響，自己的全部經脈彷彿都賁張開來，身體的每一寸肌膚也都在隱隱發癢，彷彿從內到外都在準備迎接從醜妻身上採取得來的二十年青春年華。可返老還童的神跡並沒有發生在自己身上，與之相反，他的皮膚開始皴皺，頭髮開始乾枯，連呼吸都開始變得費力侷促。沒過一會兒，他已經無力地癱倒在地上動彈不得了。

再看醜妻，她已然從那個中年婦女，變成了一個體態輕盈甚至略帶青澀的少女，在一旁冷眼觀看著白書生的衰變。少女輕鬆地反手解開了白書生拙劣的繩索，從櫃中拿出了早已收拾好的行禮，轉身就要離開。地上扭曲萎縮的白書生掙扎著伸手抓住她的腳不斷地問：「怎麼會這樣？怎麼會這樣？」

少女低頭看著他可笑的樣子，忍不住大笑道：「咱倆好歹夫妻一場，我叫你一聲白相公，臨走前讓你死個明白。我們這修煉法門的確是通過交媾採煉人的青春，但有道是天道守恆，所謂孤陰不生、孤陽不長，我與我家官人兩人有多少青春也不夠從前唐延續至今，幾百年來靠的就是你們這些自願送上門來的好酒。」原來，不老是靠的醜妻這個壺，但長生靠的卻是像書生一樣源源不斷自願注入壺中的酒。

「哦，差點忘了。」少女從已經不能動彈的白書生懷裡拿出了那冊記載有採煉速成法的《玉女驗方鈔》，又從櫃子中拿出了另一本，她將兩冊抄本收到行李包袱裡說道：「這吃飯的傢伙可不能忘了。你前後看到的根本就是兩個版本的抄本，你卻自作聰明以為自己發現了什麼不得了的大秘密，其實這些都是我們事前準備好的，你幾時幾刻跳入圈套都在我們的設計之中。」

少女接著又解釋道：「我們這門修煉方法，最難的就是尋找合適的酒源，可不是誰都能做酒的，一定要找一個精通陰陽道理的人自覺自願地按照儀軌服藥交媾。前番在汴梁也是我家官人自願服藥借給我二十年青春，以此來賺得你的信任。今天嘛，也是你自覺自願地服藥，給我送來這二十年青春。」此時的白書生已經痛苦到聽不進去她在說什麼，蜷縮在地上用最後的氣力嘟囔著穢語咒罵她是「淫婦妖人」，少女見狀也不再對他浪費口舌，一腳把他踢開，給家裡供著的觀音菩薩上三炷香，提起自己的行李揚長而去，任地上的白書生自生自滅。

白府門外，垂暮的小韃子已經在此等候多時了，已經化作少女的醜妻一出門就看到了他，兩人相視一笑攜起手開始了又一次的南行。

尾聲

靖康之變，大宋江山經歷了一次地覆天翻，皇帝變了，宰輔變了，都城變了，唯一不變的是市坊勾欄裡笙歌不斷、祭典廟會時的熱鬧非凡，只不過這份喧鬧從東京汴梁搬來江南煙雨裡的臨安。

每逢廟會時，臨安城裡最靚麗的風景就是唱曲兒的「小牡丹」。小牡丹雖然追隨者眾多，卻始終深居簡出不與外人交往，身邊只有一個爲她擊打檀板的伴奏老頭。沒人知道他們的籍貫姓名，只知道老頭的聲聲檀板裡，小牡丹唱的是地道的北國小調，悲愴的唱腔一開口就能勾起已經沉迷江南溫柔的南渡者們隱藏在內心深處的鄉思。

小牡丹凝脂般的肌膚吹彈可破，絹帛包不住她那一頭烏黑油亮的髻髮，體態豐腴，步履保持著少女般的輕盈，十年前她剛到臨安時就是這幅模樣，十幾年過去了也不曾稍改。臨安闔城女人無不羨慕她駐顏有術，有的富家娘子甚至願意花重金購買她的化妝保養之法，可小牡丹或是矢口否認，或是胡亂拿幾個古怪的偏方來敷衍對付。她越是這樣遮遮掩掩不說，人們就越是羨慕好奇，臨安城裡一度流行起了描眉畫鬢都與她一模一樣的「牡丹妝」，傳說就連宮城裡娘娘都在爭相模仿。也不知從哪裡流傳出這樣一個消息，說小牡丹家裡有一支仙人賜予的金剛如意，得了它便可以長生不老、青春永駐……

陰陽魚

楔子

岷江邊上，一對砍柴歸來的祖孫在靜坐垂釣。孫子興奮地對爺爺講述著自己道聽塗說來的傳聞：「爺爺，你進過成都城嗎？我聽人說成都城裡有吃不完的白米、逛不完的長街、不散場的大戲，就連房屋都是金磚玉瓦堆砌成的呢！你也帶我去成都城裡開開眼吧？」爺爺平靜地望向寬闊的江面一動不動，彷彿沒聽見孫子說的話，孫子扽他的衣袖，他才開口道：「釣魚一定要專心，千萬不要三心二意，魚竿要拿緊，魚線要盯緊。」完全沒搭孫子進成都城的話茬。

孫子一見爺爺不答應自己，把小魚竿一扔就要放賴撒嬌。爺爺無奈地看著坐在一旁嘟著嘴巴的小孫子只好哄他道：「乖，你好好釣魚，多釣上幾尾魚，我好拎去賣錢，賣了錢我好帶你去成都耍啊。」小孫子忙問：「釣上多少尾夠去成都的？」爺爺知道小孫子沒有釣魚的耐性，根本釣不到魚，隨口說道：

「你今日釣上兩條，我明日就帶你進成都城。」孫子一聽咧嘴一笑，又撿起小魚竿來坐下繼續釣魚。

沒一會兒，孫子的魚竿還眞的有魚上鉤了，從魚線被拉曳成的滿弓形狀看，水下面應該是一條分量不小的大魚。孫子高興地喊著：「爺爺，有魚上鉤了。」爺爺欣慰地笑道：「你看，專心釣魚就一定有收穫吧。」小孫子用力一拽，兩條緊緊纏繞在一起的鯉魚被拉上岸來，孫子興奮地抓起魚來說：「爺爺，兩條！咱們能去成都了！」爺爺看著那兩條魚，眼中突然露出了無比的恐懼，戰慄著命令孫子：「快，扔回江裡去！」孫子還沉浸在釣上兩條魚能去成都的喜悅中，一時沒有反應過來，爺爺衝上來一把搶過那兩條魚，雙手恭敬地捧著魚，跪在江邊把魚放回江中不住地磕頭，嘴裡還念念有詞地說著：「恕罪，恕罪，莫怪，莫怪。」

晚照的夕陽染紅了江水，爺爺對著江面長揖跪拜的身影透著一絲詭異，孫子永遠不會知道爺爺在幾十年前經歷過什麼，才會對這兩條魚如此的虔誠篤信。

地道

逃出城的倖存者們，也是很多年後才從茶館聽書人的口中得知，他們逃出成都城的前一天，大西皇帝張獻忠不知因爲什麼，一怒之下用手中的寶劍刻下了一座石碑，石碑上寫著七個大字「殺，殺，殺，殺，殺，殺，殺」。

成都四門緊閉，大西軍在城中逢人就殺，不知有多少百姓慘死在大西軍刀下。那日茶商馬定武帶著自己的一雙兒女在文殊院外的小廟會上玩耍，突然間亂軍四起，慌亂之下馬定武拉著兒女躲進了文殊院。躲進文殊院的可不止他們一家，私鹽販子倪十二在文殊院的一處佛像底下挖了一條可以直通城外的地道，平日裡他用這地道運輸私鹽，此時這小小的地道便成了他發大財的聚寶盆。

聞訊來寺中避難的除了誤打誤撞的馬定武一家，都是常年給文殊院捐獻大量香油錢的高門大戶，此時這些達官顯貴、皇親貴胄在這個私鹽販子面前也不得不低聲下氣、唯唯諾諾。倪十二知道在這兵荒馬亂的時刻，各家出逃時帶出的一定是家中最珍貴的寶物，他坐在洞口對這些求他放行的達官顯貴們說：「你們要想從此過去，就拿出身上最值錢的寶貝來給我，拿來好東西的我就多放幾個人出去，拿來東西不行的就自求多福吧。」說罷那些富戶們都爭先恐後地從行李中拿出最貴重的東西來奉獻給倪十二，這種情形下任誰也不敢藏私了。張員外家拿出一只冰種玉如意，倪十二讓他家兩個人出城，輔國將軍拿出家傳的金冊，倪十二放他家一個人進洞，這些在太平年月裡價值連城的珍寶，此時在倪十二手裡成了他胡亂為生命定價的玩具。

馬定武一家是在逛廟會時無意間逃避進得寺來，連家都未曾回，一家三口身上除了一些散碎銀兩哪裡有什麼值錢的珍寶，找了半天才從馬大姐頭上找到了一支祖傳的金簪。馬定武拿著金簪戰戰兢兢地走到倪十二跟前堆笑道：「倪大爺，我一家三口出來趕廟會遇到了如此禍事，身上沒帶什麼值錢的珍寶物什，你我是老相識了，你是知道我家裡不差些許錢財的，今天你放我一家出去，改日兵亂過去後我再拿重金去謝你。」倪十二聽他說完冷哼一聲道：「馬老哥，你怕是在做春秋大夢。兵亂過去？我從西軍營問來的消息，張王要把成都全城殺完搶淨，你還要拿重金謝我？你那三進的大宅子此時估計都被西軍搶乾淨了。」

馬定武聽完十分沮喪，自己家中還有嬌妻和老母，恐怕已經遭西軍毒手了。雖然心中難過，馬定武強打笑容拿出金簪對倪十二說：「倪大爺，這是我祖傳的金簪，相傳是我祖先從前朝蒙古勳貴處得來的……」倪十二一把拽過金簪插到了自己油污的頭髮上，粗暴地打斷馬定武：「馬老哥，故事就不要說了，這裡人人都有個前朝皇帝賞賜的故事，我已然聽膩了。如今我放你一雙兒女出城去，是念在你我以前一起跑過茶馬的份上，可不是因爲你的什麼祖傳簪子。」

馬定武聽完連連作揖稱謝，拉著一雙兒女到地道口，臨把他們推進地道前馬定武抓住馬大姐的手再三交代：「大姐你要照顧好弟弟，等兵亂過後咱們還回到成都的家裡來。」一家三口含淚作別。馬家姐弟進洞後沒一會兒，寺外的喊殺聲越來越大，倪十二一聲令下，讓手下把所有沒進洞的人一律就地處死，用他們的屍體遮掩洞口，掩護自己一夥安全撤出。

黎家寨

地道在城外的出口也是一處寺廟，逃出來的人爬出來都在佛前磕頭還願，感謝菩薩保佑自己逃出生天。然而還沒等他們喘口氣，寺廟四邊便火光殺聲四起，原來大西軍並不是要屠城，而是要屠蜀，城外的大西軍也在殺人放火……

一行逃難者跟在倪十二的販鹽武裝後面一路出逃，結果成都四鄉沒有一處是安寧的，到處都是殺紅了眼的亂軍，聽口音彷彿還有本地土匪在趁火打劫。一路上東邊也是亂軍，北邊也是土匪，一行人只能被追著往西邊跑，跑到了岷江邊上沒有了去路，眼看就要成了西軍的刀下之鬼，恰巧上游漂來了幾隻被遺棄的破渡船，一行人爬上破渡船半浮半游地逃到了西岸，原本有老有少的一行人到了西岸只剩下了身強體壯的鹽販一夥與馬家姐弟等幾個手腳靈活的年輕人，老弱者要麼被亂兵追上砍死，要麼就被江水沖走，倪十二一夥的兵器與搜刮來的寶藏也都被江水沖走。

這手無寸鐵的十幾人上岸後，亂軍也已經找到船準備渡河了，就當他們沒頭蒼蠅似的亂跑以爲自己即將要被西軍刀俎之時，眼尖的馬小弟發現不遠處山腳下有一處堅固的寨子，眾人連忙往寨子方向跑去，到了寨門口眾人一齊大聲叫「開門」，門樓上走出一個白衣書生，書生問：「你們是什麼人？爲何要進我們寨子？」

倪十二忙回答：「老爺，我們是成都城中逃難出來的難民，後面有亂軍在追殺我們，求老爺放我們進寨躲避一時。」白衣書生聽罷猶豫了一會兒，但看著遠處江邊追兵已經快要追上來了，再看看寨下眾人的確又都是手無寸鐵的民人，還有幾個半大小孩，不像是歹人，便勉強著放下寨門把他們放進來了。

進得寨來，一個青衣娘子鐵青著臉，把他們帶到了寨子的後山躲避，寨外的喊殺聲停了青衣娘子才又把他們帶出來。等他們來到寨門口時，白衣書生一動沒動，寨外的亂軍都已經七竅流血而死了，青衣娘子命眾人把寨外屍體原地焚燒掩埋了。眾人雖然驚奇那白衣書生一個人如何殺得如此眾多的亂軍，但人在屋簷下也不敢多問。

掩埋完屍體，青衣娘子在祠堂裡給他們安排了餐食，他們一邊吃青衣娘子一邊講：「我們這裡是黎家寨，祖上傳下來的規矩從來不許外人進來，今天破例收留了你們，也是你們的陰功造化。吃完這餐飯後你們便出寨去吧。」

聽她下了逐客令，眾人都沒了吃飯的心思，慌張地問：「夫人，現在外面兵荒馬亂，到處都是殺人不眨眼的亂軍土匪，你讓我們去哪裡呢？」青衣娘子一指後山的方向道：「我們這裡是川西崇慶州的西境，你們從後山的小門出寨，山路走不到一天路程就是藏人的境地了，他們那邊兵強馬壯、麥稞千里，是世間少有的太平世界。你們到了那邊碰到僧便叫尊師上人，碰到俗便叫土司頭人，他們定會收容你們，在彼處做一個溫順良民，好過在漢地受這些刀兵之苦。」

說罷青衣娘子就轉身去隔壁的小庫房給他們準備入山需要的各種衣物、乾糧了。白衣書生跟到門口見她進了五步外的小庫房，又折返回了祠堂。

倪十二突然一下跪倒在地對著白衣書生不住地用力磕頭，一邊磕頭一邊哭訴：「老爺，我跑過茶馬道，也曾遭遇過山上蠻人，素知這些蠻人的兇狠殘忍。漢人如遭他們抓了去都是要編作『朗生[1]』奴僕，在他們眼中與牛馬畜生

1、朗生：藏語意為家裡養的，指奴隸。

無異，驅使、打罵、姦淫都是好的，起碼還留你一條性命在，如果不慎惹怒了喇嘛，動輒就會被剝皮、去骨，我曾在喇嘛廟裡見過他們念經時敲的那人皮做的鼓、喝酒時用人頭骨做的杯子。」

聽倪十二說完，其他難民也都紛紛恐懼地跪下求白衣書生救命，白衣書生心下一軟就答應了他們：「那就收留你們幾日，等漢地兵亂過後你們再出寨吧。」眾人紛紛磕頭致謝。等青衣娘子幫他們收拾好東西回來時，見眾人都歡天喜地地有說有笑，不解地問：「你們遇到什麼喜事了？」

眾人七嘴八舌地答道：「謝夫人、老爺收留。」青衣娘子聽罷杏眼圓睜罵道：「哪個要收留你們了？吃完東西都給我滾出去。」她轉頭一瞪白衣書生，書生頓時不敢說話了。

倪十二一眾人只得再次跪下求青衣娘子收留，青衣娘子對白衣書生說：「三相公，我知你是個菩薩心腸的好人，但這亂世裡哪裡有信得過的人，這些人在成都城中不知道都是些什麼雞鳴狗盜之徒，有道是『升米恩、斗米仇』，你如今無端收留了他們，不知道以後又生出什麼禍患來。」

那三相公不敢再說什麼，倪十二卻爬到青衣娘子腳下磕頭陳情道：「三娘子在上，我們都是成都城裡的良善百姓，還帶著半大孩子，實在是行動不便，只求三娘子你收留我們幾日，等西軍不再作亂了，我們自會返回成都。」三娘子原本要厲聲一口回絕，但看著馬家姐弟那楚楚可憐的樣子動了惻隱之心，稍事遲鈍了一下，正在這時，一眾人都爬到她腳邊一聲聲：「三娘子救命，三娘子救命。」

剛毅果斷如她也終究是個女人，被眾人如此懇求，最終還是心軟了，嘆了一口氣道：「哎，作孽，作孽，祖宗規矩要壞在我們手上了。兵亂一息你們需立即返回成都，不可在我們這裡多逗留一日。」倪十二眾人紛紛叩頭謝恩。

黎四

這寨子可說是亂世中的桃花源了，三娘子開始只是給他們分配了住處，每日只供給他們吃食不許他們亂走動，可外面兵亂一直不曾消弭，寨中存糧不夠這樣坐吃山空，三娘子只好又安排了他們耕田紡織。有亂兵土匪來騷擾時，仍是三娘子把人帶到後山躲避，三相公孤身在寨門口迎敵，等眾人從後山回來時，寨外已經是滿地七竅流血的屍體。眾人每次幫著掩埋屍體的時候都想不明白，那個手無縛雞之力連鋤頭都拿不起來的三相公是如何將這些手持兵器的壯漢殺死的，一次、兩次、三次，眾人也就見怪不怪了。

張獻忠西軍覆滅了後李自成的闖軍餘部又來作亂，官軍來了打跑了闖軍餘部，還沒等百姓喘一口氣呢，官軍各部軍鎮之間又在四川、貴州打了起來，十年間四川沒有一刻安寧，等到真正的兵亂稍定、天下初平，已經是順治十四年吳三桂入川的時候了，這距離三娘子當初收留倪十二一行已經過去了十年。說好的只住幾天，一不小心就住了十年，當初的難民也都在幾十年間變作了黎寨的莊客，時間久了有了感情，三娘子也就沒再提趕他們走的事了，兩個主人與莊客們相處得還算和諧。

不過時間長了莊客們發覺有一樣奇怪，三娘子與三相公之間很是奇怪，兩人要說親密是眞的親密，從早到晚三娘子走到哪兒三相公跟到哪兒，兩人就連如廁都要同行而去，可以說是形影不離了。但要說不親密，兩人也是眞的不親密，兩人從不曾在眾人面前有過肌膚之親，莊客們若開些早生貴子的玩笑，三娘子會罵人，三相公會臉紅。不過眾人雖然覺得有些反常，但自覺寄人籬下做莊客的，不好揣測主人的事，所以從來沒人提起過此事。

一日清晨，一個沒見過的生人來闖寨，被守門莊客攔住，盤問他：「你是什麼人，爲什麼要闖我們的寨子？」闖寨人無比囂張地大聲叫嚷道：「你們的寨子？你們是哪裡來的雜種，這裡是姓黎的寨子！我乃這裡的主人！」三相公與三娘子聽到寨門口有人喧鬧，趕忙從田間趕過來查看，守門莊客一看是他們來了，連忙恭敬地叫了一聲：「三相公，三娘子，這人要硬闖寨門。」那闖寨人一看他二人反倒樂了，指著三娘子說：「二嫂子，你何時成了三少爺的娘子了？」莊丁聽了滿臉疑惑，三娘子卻惱紅了臉，連聲吩咐身邊的莊客們：「把這瘋子趕走。」莊客們拿著農具沒幾下就趕走了這個不速之客。

當時在場的一個莊客是倪十二舊時的部下雲四五，雲四五在中午開飯時一五一十地將早晨寨門口發生的事跟倪十二學了一遍。倪十二一聽眼睛都亮了，原來黎寨還有如此內幕是自己不知道的。太平日子沒過幾天，他作爲私鹽販子的本性已經露出，一直覬覦地處漢藏交接的關口位置的黎寨，處心積慮想把黎寨占爲己有。如果清早來闖寨的人眞的是黎家人，搞不好眞的能夠幫自己拿下黎寨。

聽罷了雲四五的複述，他就要拉著雲四五去找清早那人：「今天日頭大，那客人應該還在驛站避暑休息，咱們現在去驛站找他一定找得到，你給我指認一下。」雲四五最早告訴倪十二這件事只是想陪這個舊時的老上司說話而已，沒想到倪十二居然突然要跑去見那個客人，雲四五以寨中活計沒有做完爲由拒絕了倪十二，轉身就要下地幹活。倪十二一把抓住雲四五，從自己的頭上摘下一支金簪子對雲四五說：「兄弟，你不是一直想迎娶馬大姐但是又苦於沒有像樣的彩禮？這一根金簪是馬家的傳家之寶，你拿著這個去找她，她沒個不願意的。」這下點到了雲四五的麻筋上了。

馬大姐已經從當初進寨時的小女孩長成了二十歲出頭亭亭玉立的大姑娘了，寨中這些男青年沒有不想望她的。追求者雖眾但馬大姐以要照顧弟弟爲由一直拒絕各種求愛的人，她實際上是想要一筆像樣的彩禮，然後用這筆彩禮給弟弟從寨外娶一個大姑娘回來。但寨中人都只是作田耕地的莊客，哪裡有錢出彩禮？所以才把馬大姐從十六、七歲的待嫁年齡拖到現在未曾嫁人。雲四五是倪十二手下最年輕英俊的，與馬大姐也最情投意合，但一直苦於拿不出像樣的彩禮迎娶，一看昔日上司拿出的這個金光閃閃的簪子馬上就有些動心。倪十二拿著赤金的簪子來回轉動，把太陽折射的閃爍金光映到倪十二臉上說道：「非但是有這簪子，我早就懷疑三娘子與三相公並非是眞正夫妻，聽你複述今日寨門前發生的事，其中必定是有蹊蹺，如果咱們借機把他二人扳倒了，這寨中的百畝良田不都是你我兄弟的，還愁馬大姐不肯嫁你嗎？」倪十二說動了雲四五，又再三確認了今天三娘子和三相公從那人走後一直在內宅商議事情，這才大膽地帶著雲四五溜出寨門。

兩人迎著大日頭快步走到了驛站，只見白天的客人果眞一個人在驛站處喝悶酒，雲四五指認了那人，倪十二堆著諂媚的笑容走進前去打了個躬：「您是清早到黎寨去的黎老爺吧？」那客人見是個面目可憎的生人警醒地反問：「你是什麼人？怎麼知道我是誰，去過哪兒？」倪十二狎昵地落座給客人斟上一杯酒，又從懷中拿出銀兩招呼驛站夥計燒一隻肥鴨子、打一壺上好的五雜糧酒，才繼續開言道：「老爺，我是寨裡的莊客，叫倪十二。我白天在地裡幹活，沒能給老爺您請安，聽我守門的弟弟說您才離開不久，料想您應該在這客棧之中，特來請安問好。」那客人被他一聲聲老爺叫得心裡美滋滋的：「你別叫我老爺了，叫我黎四吧。」倪十二馬上回答：「好的，四老爺。」

肥鴨好酒上來了，三人推杯換盞了幾輪漸漸熟絡起來了，倪十二接著追問道：「四老爺這些年去了哪裡，怎麼如今才回到寨中啊？」黎四嘆了一口氣道：「你們在我寨中耕種，不會不知我們寨中良田百畝，盛產藥材貝母，每年貝母收穫後都會委一個人去兩廣賣出，再買些必須的物資回寨，崇禎十七年，啊，呸呸呸。」自覺失言的黎四環視四周沒人聽到後改口說：「順治元年，我被寨中長輩委派出門賣藥，到了廣州賣出藥材後，回程路上聽說四川變了天，今天說張獻忠坐了龍庭切斷了四川與外界的聯繫，明天說張獻忠把四川人殺得一個不留，我們一眾四川客商都滯留在廣州不敢回來，這一留就是十年啊，哎。」黎四今日到了寨門口不敢闖寨，就是不知道寨中虛實，自己在廣州十年，花光了販藥的錢不說還欠了一屁股債才逃回四川，如果被寨中長輩得知不知又要受什麼責罰。

倪十二敬了一杯酒安慰黎四道：「四老爺在外面辛苦了。」一仰而盡後倪十二趁勢又問：「敢問四老爺，三娘子與三相公是您什麼令親？」說到這裡黎四眼前一亮：「對了，我也正要問你，你們新進莊客爲什麼管二嫂子叫三娘子？」倪十二與雲四五齊聲問道：「啥？二嫂子？」黎四也不解地看向他們解釋道：「三相公是嫡房三相公不假，但你們口中的三娘子是嫡房二少爺的娘子啊。」倪十二聽了這話喜出望外，立馬就想到了奪取黎寨的法子。倪十二正在醞釀奸計時，黎四問他們道：「寨中現在還有什麼黎家人在？」雲四五答道：「我們到寨子裡時就只有三相公與三娘子兩人，再無他人。」黎四這下也來了精神，他之所以今日被趕出寨來也只好悻悻作罷，就是因爲怕寨中還有長輩坐鎮，見如今寨中已經沒有長輩了，馬上膽子又壯了起來。

倪十二沉吟了一會兒對黎四說：「四老爺，咱們如此這般，到時候到衙門裡把他二人告倒，寨中土地你我兄弟平分，如何？」黎四聽了他的計畫覺得十分可行，兩個臭味相投的人一拍即合。

天雷

雲四五回到寨中，洗漱去了酒氣就進到內宅向三相公稟告事情，一見三相公他便恭敬地跪下道：「三相公，我去城裡賣瓜菜時路過州衙，縣衙的人聽說我是黎寨的人便讓我給您帶口信，說皇上要重畫什麼『雨淋圖』，讓各莊寨的東家拿著地契去州衙勘畫確認。」三相公聽罷哈哈笑道：「什麼雨淋、日曬的？皇上家要畫的叫魚鱗圖，勘劃地界、收繳畝稅用的。」雲四五抓抓頭傻笑道：「小的不懂，還以爲是地契被雨淋了，要去皇上家裡更換。」三相公笑著說了一句「我知道了」，擺擺手讓他下去。

三娘子此時正在內宅因爲早上黎四闖寨心裡煩惱呢，三相公這時走過來說：「把地契拿上，隨我去州衙走一趟。」三娘子立馬警惕道：「拿地契到州衙做什麼？」三相公回答道：「朝廷要重新丈量土地，要我們各莊寨的東家去核對確認。」三娘子覺得有些不對勁，問道：「那倒奇怪了，朝廷早不丈量，晚不丈量，爲什麼偏偏黎四一回來它便要丈量了？」三相公覺得這女人多疑成性反駁道：「大清定鼎十幾年了，一直用的還是前明的魚鱗圖，這十幾年四川滄海桑田，人口地塊都不似從前了，要重新丈量何嘗不是一件好事？這是朝廷大政，難不成黎四還能和皇上勾結陷害你不成？」聽三相公說完三娘子也是噗哧一笑，只好收拾好東西跟他前去。

兩人一進了州衙就發現事情不對，州衙中並沒有其他莊寨的東家排隊勘驗地契，兩人一進大堂，兩旁的站班衙役就開始用水火棍敲擊地面唱起了「威武」。再看左邊原告位置上走出兩個人來，正是黎四和倪十二！三娘子與三相公自知中計但也無計可施了，堂上知州老爺一拍驚堂木喝道：「黎三、黎袁氏，你二人可知罪？」三相公嚇得不敢說話，倒是三娘子應聲答道：「民婦叔嫂只是本分的莊戶人家，不知何罪之有？」

知州老爺一聽馬上怒斥道：「呔，你也知道你二人是叔嫂，爲何做出勾搭成姦、違背人倫的醜事？現有原告黎四的訴狀壓在我的堂上，控告你二人叔嫂通姦、謀害宗親、侵呑族產，你二人快從實招來！」三娘子瞥了一眼身旁的原告黎四，大方地對知州老爺回稟道：「以上幾條皆是有人蓄意誣告。」

州官看她不招，便拿起訴狀問道：「你既說是誣告，那我問你，爲何黎寨上下大小幾十口人呢，如今只剩下你們兩人在寨中？」三娘子對答道：「聽大人口音也是川中人士，怎麼會不知道張逆屠蜀之慘烈？張逆所到之處不留一個活口，我一家四十餘口只有兩個能僥倖逃脫。」州官一聽覺得甚是有理，又接著問：「那你們可曾侵呑族產？爲何寨中土地不曾分給黎四分毫？」三娘子從容地答道：「自古田產繼承就有嫡長序列，三相公是嫡房直系，黎四是庶出旁支，黎寨田產自古就是由長房繼承，雖允許旁支居住寨中，但並不繼承土地。」州官一聽也覺得有道理，接著又問：「那你二人既是叔嫂，爲何整日形影不離、同室而居，還讓莊客稱你們爲夫妻？」三娘子聽罷臉漲得通紅：「我們並未曾要求莊客叫我們夫妻，我稱呼三相公爲三相公，莊客們誤以爲我是三相公的娘子，便喚我做三娘子，最初這幫莊客是逃難來我們寨中的難民，我以爲他們很快就會離開，所以也就沒有糾正，哪知道他們一住住了十年，成了我們的莊客，我也就將錯就錯沒有去糾正了。」

三娘子接著說道：「我倆形影不離是眞，不過是另有隱情在的。」州官發問：「什麼隱情？」三娘子答道：「大人容稟了，張逆攻寨之日正是我與我相公大婚之日，寨中因爲在歡慶大婚所以放鬆了警惕，才讓張逆亂軍攻入寨來。

張逆亂軍殺死了我們全家，只剩下我與三叔兩人躲在倉房草料中得以倖免，突然天降滾雷擊中了倉房，我二人都被天雷擊中，醒來時就發現了異常，我與三叔若相距十五步以上，三叔周圍十五步以內的人畜都會暴斃而亡，於是我與三叔不得不整日形影不離，就是怕殺生作孽。」一旁聽著的倪十二頓時明白了當年手無縛雞之力的三相公是如何隻身殺死那麼多手持兵刃的兵匪的了，三娘子接著說：「我們也正是靠著這天降的異事數次擊退了張逆亂軍與各路土匪，保全了寨子與逃入寨中的難民。」

州官一聽這古書就來了精神，原來這州官與二人經歷頗為相似。知州原本只是一個舉人，賦閒在川北老家的縣城裡，張獻忠屠蜀時他振臂一呼帶領鄉里的青壯打退了西軍，帶領團練治理縣域近十年，吳三桂由陝入川時他又看準形勢主動繳械獻城，被參保了一個「保境安民，順應天命」才得了這個州官。因為經歷境遇相似，讓州官對三娘子二人充滿了惺惺相惜的好感。

三娘子又乘勝追擊地對州官說：「同寢而臥更是無中生有的誣告，我二人雖然同住內宅，但分別住在左右兩間廂房，大人如不信可以前去寨中驗看。」州官為了一探究竟，帶著站班衙役與原告被告一行直奔黎寨。

跳江

到了黎寨內宅，果然兩人的生活器物分別放在左右廂房，並沒有同室而居，州官正要當場宣判，這時倪十二又提出異議：「大人，他二人或許平時分住一間廂房，但並不能保證他二人沒有做過苟且之事！孤男寡女十年共同深居在這不見人的深宅之中，他們要做苟且之事，根本也無需住在同一個房間裡！」三娘子羞紅了臉但仍不示弱：「我大婚之日相公就被張逆殺害，至今仍是處子之身，如何行得苟且之事？」州官遂叫來穩婆勘驗，三娘子果然仍是處子之身，黎四與倪十二狀紙上的三條罪狀全部被事實推翻。

這一系列事情讓州官大為感動，他激動地對三娘子二人說：「你二人不僅忠貞守禮，還是保境安民的英雄，我要奏請朝廷旌表你二人的忠貞義行！」接著又反過身來對黎四與倪十二說：「你二人真是膽大包天，竟敢跑到本州這裡搬弄是非、誣告賢良，來啊，給我鎖回去。」黎四一看自己奸計落空了，直接嚇暈了過去。圍觀的莊客們都紛紛指責唾棄倪十二忘恩負義，罵聲中倪十二用盡渾身力氣掙脫了衙役的拘鎖，爬到州官面前喊道：「我還要告！他二人還有不可洗刷的驚天罪行！」知州不耐煩道：「你這刁民眞是難纏，我原本只想拉你回去打幾板子讓你長長記性，沒想到你如此冥頑不靈、不知悔改，看來必須要拿重刑來辦你了！」倪十二聽說要拿重刑辦自己也絲毫不畏懼，對州官說：「如果我這次所告罪狀不成立，不要說重刑了，我甘願讓您判我一個斬監候！」州官看他信心滿滿，連命都不要了，便好奇地問他：「那你說吧，他們犯了什麼滔天大罪！」

倪十二指著三相公說：「順治三年，他曾用邪術殺害了一隊八旗天兵！」他這一聲控訴出口，空氣立馬就安靜下來了，州官深知這句話的厲害。清初各地方奉行休養生息、政簡刑清，通常刑獄案情只要不是十惡不赦，往往都不會處罰過重，唯獨是涉及剃髮、反清、南明、朱三太子、張獻忠一類的案子，從朝廷到地方都不敢怠慢，只要接到此類案卷往往不殺幾個人都無法結案。每年都有刁民拿準朝廷的痛點，謊稱自己的仇人爲「朱三太子」扭送官府，地方官接到此類案件，爲了給自己避嫌也爲了減少不必要的麻煩，往往直接將「朱三太子」們就地處死，以絕後患。官府對此類案件的重視程度由此可見一斑。

州官問倪十二：「你說他們殺害天兵，證據何在？」倪十二指山腳某處道：「他殺害天兵後，就把天兵屍骨埋於此處了。」州官讓莊客們挖，沒一會兒果然挖出了一隊屍骨，盔甲、辮發、弓箭、扳指全部是八旗制式。州官看著這滿地屍骨，無奈地對三相公二人說：「亂世之中，你們就是眞有些失禮行爲，我們都是過來人也不是不能理解，想想辦法也就幫你們開脫了，可殺害天兵這樣的滔天大罪，就是本官也擔待不起的。」要知道那些口音、年齡、體貌完全與朱三太子對不上的假「朱三太子」們都難逃一死，現在三相公可是眞眞正正地殺死了一隊八旗兵啊。

三娘子還要爭辯：「當時還是永曆年間，四川還屬前明管轄，我們不知是天兵到來，爲了保境安民才有此誤殺了。」倪十二逮到她的話柄連忙不依不饒地說：「你這逆賊淫婦，在我大清的青天白日之下，居然還口口聲聲地用這前明的永曆年號，我看你是與雲南的前明餘孽勾結謀反！」原本站在三娘子一邊的莊客們紛紛轉而站到了倪十二那邊，指證三相公的確殺過八旗兵。原來倪十二早就安排雲四五回寨後私下裡給跟寨眾們串聯「指證三相公二人，把他們扳倒，寨中的土地財物大家平分，不指證的沒有份」。只有馬家姐弟拚命地爲三相公辯護：「大人，三相公是個大善人，他不會殺天兵的，這一定是個誤會。」

州官無奈地搖了搖頭，示意這樣天大的案子自己也袒護不了，拍拍屁股乘轎子回州衙了，安排站班衙役將三娘子、三相公二人鎖回去受審。莊眾們爲了向倪十二表忠心，對戴著枷鎖的二人百般指控，有的說他二人慳吝小氣，有的說二人專橫霸道，有的乾脆說他二人是操縱妖術的妖魔。三娘子看著這一張張醜惡的面孔，腦中回想起十年前在祠堂裡對自己小雞啄米似的磕頭的那一張張可憐面孔，嘴角露出了一絲慘笑。馬家姐弟過來抱住三娘子的腿哭泣不止，三娘子低聲對馬大姐說：「乖孩子，別哭了，去後山，快拉著弟弟去後山。」

出了寨走到沿江的路上，一直沉默寡言的三相公突然對三娘子說道：「二嫂，是我不對，主張收留了這些畜生，害得你我今日如此下場。」三娘子搖搖頭，溫柔地三相公說：「叔叔，我不怪你，你是個菩薩心腸的善人，怎奈這世上披著人皮的惡鬼太多了，不是你能度化得了的。」說罷兩人相視一笑。

三相公羞赧地對三娘子說：「二嫂，時至今日我也就不必瞞你了，這些年多蒙你照顧，我其實早已傾心你良久了，只是知你是貞潔烈女不敢告訴你，今天你我都是將死之人了，斗起膽子告訴你也不怕你罵了。」三娘子噙著眼淚微笑道：「傻弟弟，你的心思嫂嫂何嘗不知？與你相與了這十年光景，嫂嫂也無數次對你動心……可惜我今生與你二哥婚配，與你叔嫂之義已定，在莊客們面前妄被喚了十年娘子、相公已經是天大的罪孽了。今生為人你我不能做夫妻，但願來世咱們在這江裡做一對魚兒，還不失在這江湖中相濡以沫，好嗎？」三相公微微點頭，三娘子用盡最後的力氣掙開了身後的衙役，縱身一躍跳入江中。三娘子跳下後，三相公身邊的兩個衙役當場七竅流血、暴斃而亡，三相公幫兩個衙役整理好遺容，合十道：「二位班頭走好。」

寨內，倪十二與黎四在祠堂裡彈冠相慶、把酒言歡，莊眾也為自己能夠分得土地而一個個面露喜色，有些甚至高興地唱起了歌。隨著三相公的緩步走近，一切的喧鬧歸於平靜。

三相公想起這數十年來發生的事情，不禁痛苦地搖了搖頭。晚照的夕陽把江面映得血紅，他低聲說了一句：「二嫂，我來了。」

導讀賞析

近代史縫隙裡的魔神仔：《巷說異聞錄》

文／廖彥博

歷史作家、譯者

《一本就懂中國史》作者

對中國大陸的讀者來說，民國是一個既陌生又熟悉的時代。鴛鴦蝴蝶，旗袍馬褂，上海十里洋場，南京梧桐森森，我揮一揮衣袖，他達達的馬蹄，凡此種種，共同在影視作品裡構成人們心中對於民國風華的美好想像。可是民國也是神秘而落後的，甚至是迷信而妖魔橫行的。原因很簡單：不這麼著，很難突顯出「當今」橫掃一切牛鬼蛇神之後的現代和進步。

對台灣的讀者而言，民國則是一個既熟悉又陌生的時期（注意和前者的排序）。

鈔票硬幣上、公家文書上、報紙刊頭上，民國還是進行式，就在我們生活呼吸之中。可是民國也是截然兩分的：屬於歷史的那一大段，曾經顏色鮮明的、氣壯山河的存在過的民國歲月，四海歸心、堅苦卓絕的激戰年代，大多數台灣人已經不復記憶。

檀信介的《巷說異聞錄》替我們把既熟悉又陌生的歷史連接起來，而且還開啓了一扇魔幻又眞實的觀景窗。中國文學的傳統裡，一直有著「志怪文學」的傳統。《山海經》以降，漢晉的《淮南子》、《搜神記》，唐傳奇、宋元話本、明清筆記小說，我們在荒山野嶺，感覺到陰風陣陣，或是捅破紙窗，看見女鬼畫皮，不管你的出身籍貫、政治立場，相信文化基因裡都有著妖怪活躍的身影。

而檀信介則帶讀者一頭闖進近代史恢弘大敘事裡的小角落，看看那些「魔神仔」如何在辛亥革命、日軍侵華、國共內戰裡存活下來，繼續魅惑人心。故事光怪迷離，看官們不禁眼花撩亂，可是驚魂甫定，卻又嘖嘖稱奇：誰能說這些「魔神仔」不存在？

《巷說異聞錄》由〈破地獄〉、〈斬龍角〉、〈買竹籌〉、〈賣鬼記〉等幾則故事組成，故事的舞台，正是清末到民國、抗戰勝利那段熟悉又陌生的歲月，幾個歷史上響噹噹的大人物，比方做過大總統、也登基當過八十三天皇上的袁世凱，還有我們台灣讀者算是相當熟悉的「蔣故總統經國先生」，在故事裡也出奇不意，客串亮相。看他們出場的時機，扮演的角色，起到的作用，一定會讓讀者們會心一笑。

留學蘇聯、篤信唯物主義的「太子」蔣經國，如何運用起茅山道術，去摧破汪精衛政權的秘密金庫？又怎麼會引來一場多年無法偵破的連續命案呢？且讓我們翻開這部《巷說異聞錄》。

國家圖書館出版品預行編目資料

巷說異聞錄 / 檀信介著 . -- 初版 . -- 臺中市 : 好讀,
2019.03

面； 公分 . --（眞小說 ; 49）

ISBN 978-986-178-482-3（平裝）

857.7 108001487

好讀出版

真小說 49

填寫線上讀者回函
獲得更多好讀資訊

巷說異聞錄

作　　者 / 檀信介
總 編 輯 / 鄧茵茵
文字編輯 / 莊銘桓
行銷企劃 / 劉恩綺
發 行 所 / 好讀出版有限公司
台中市 407 西屯區工業 30 路 1 號
台中市 407 西屯區大有街 13 號（編輯部）
TEL:04-23157795 FAX:04-23144188 http://howdo.morningstar.com.tw
（如對本書編輯或內容有意見，請來電或上網告訴我們）
法律顧問 陳思成律師

總經銷 / 知己圖書股份有限公司
106 台北市大安區辛亥路一段 30 號 9 樓
TEL：02-23672044 23672047 FAX：02-23635741
407 台中市西屯區工業 30 路 1 號 1 樓
TEL：04-23595819 FAX：04-23595493
E-mail：service@morningstar.com.tw
網路書店 http://www.morningstar.com.tw
讀者專線：04-23595819 # 230
郵政劃撥：15060393（知己圖書股份有限公司）
印刷 / 上好印刷股份有限公司

初版 / 西元 2019 年 3 月 1 日
定價：300 元
如有破損或裝訂錯誤，請寄回知己圖書更換

Published by How-Do Publishing Co., Ltd.
2019 Printed in Taiwan

ISBN 978-986-178-482-3